苹果树小女巫3

特别的圣诞节

文／[德] 萨比娜·斯塔丁
图／[德] 萨宾娜·比希纳
译／张怿琛

明天出版社·济南

人物介绍

佩特娜拉 · 苹果泥

苹果树小女巫，住在磨坊花园，
一棵苹果树上的一个大苹果里。

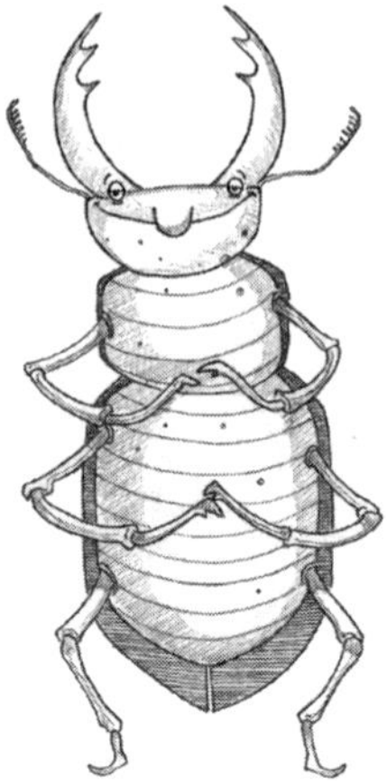

卢休斯

一只鹿角甲虫，
佩特娜拉的好朋友。

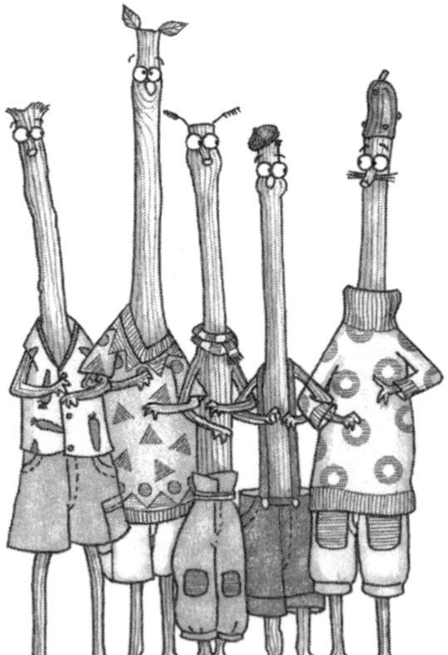

苹果树小人

住在苹果树底下，负责保护
苹果树的小人，分别是
胡萝卜衬衫、豇豆脖子、芦笋牙齿、
甜菜小溪、黄瓜帽子。

蕾娅、路易斯

库恩布兰特家的双胞胎，
蕾娅是妹妹，
路易斯是哥哥。

天气女巫
佩特娜拉的姐妹。
她们是大姐薇玛、二姐贝琳达，
以及妹妹玫莉娜。

库恩布兰特夫妇
蕾娅和路易斯的爸爸妈妈。
他们在老磨坊里开了一间
魔法磨坊咖啡馆。

圣诞小矮人
圣诞老人的小帮手，
和圣诞老人一起
到世界各地分送礼物。

目录

神奇的海狸口水

“哈啾！”小女巫佩特娜拉坐在苹果房子的客厅里，突然打了一个大大的喷嚏，把窗户震得咯咯作响。她费力地从口袋里掏出一条格子手帕，用力擤了擤鼻子。

“有人受伤了吗？”卢休斯冲进房间，疑惑地四处张望。“我还以为你的魔法又失败了呢。”它嘀咕了一句，“刚才的声音像是有头大象在吼叫一样。”

佩特娜拉用哀怨的眼神看着卢休斯。这只强壮的鹿角甲虫是她的室友，也是天底下最贴心的朋友，只不过它对流鼻涕和打冷战没有任何经验。

“你该庆幸自己是一只鹿角甲虫，不会流鼻涕。”小女巫闷闷不乐地说。她说话的声音，听起来像是鼻子被夹子夹住了一样。“咔嗒咔嗒——”小女巫的牙齿像台缝纫机似的，快速地上下抖动，没咬到自己的舌头还真是个奇迹。

“情况这么严重吗？”卢休斯摸了摸小女巫的额头，担心地说，“你的脑袋烫得都能在上面煎荷包蛋了，你一定是发烧了。”

“发……发烧？”小女巫边哆嗦边说，“绝对不可

能！我……我的姐妹们马上就要来做客了，我还有很多事要做呢。”

“那些事情可以等你身体好了以后再做。我去叫黄瓜帽子过来，苹果树小人肯定知道怎么对付重感冒。”

“我也知道。”小女巫吸了吸鼻子，想从椅子上站起来，可是卢休斯又把她推回去坐好。“你在这里等着，我去去就回来。”话才说完，它就从苹果房子里跑了出去。

佩特娜拉用力地擤了擤鼻子，担心地看了一眼蕾娅和路易斯亲手为她制作的日历。圣诞节马上就要到了。按照惯例，这个时候她应该开始烤苹果派，还要把屋子装饰得美轮美奂。可是她现在什么事也不能做，只能坐在椅子上发抖，听着屋外呼啸的寒风横扫磨坊花园。

佩特娜拉用颤抖的手握住魔杖，指向壁炉旁的篮子。篮子里装满了用来烧火的木柴。整个秋天，她都在收集树上掉下来的枝条，这样就能过一个暖和又舒适的冬天了。壁炉里的火焰正噼里啪啦地燃烧着，可是小女巫身上还是感觉不到一丝暖意。

这时，门外的树枝上传来闹哄哄的声音。“嘿哟！嘿哟！”小女巫先是听到一阵吆喝声，接着苹果房子的门被撞开了，五个苹果树小人把一个木桶推进屋里。

“小心点，伙伴们！”带头的黄瓜帽子大声喊，“别把海狸口水打翻了。”

小女巫弯下腰，疑惑地朝大圆桶里瞄了一眼，一大桶泛着泡沫的绿色浓浆在里面晃来晃去。

“你们小心一点！”她吸了吸鼻涕，用怀疑的眼神看着卢休斯。

鹿角甲虫耸了耸肩，无奈地说：“我早就跟他们说了，最好到这里再把浓浆灌进木桶，他们就是不听。”

“当然不能听你的。”黄瓜帽子说。接着五个苹果树小人合力把木桶推到佩特娜拉面前。

“可以了！”芦笋牙齿气喘吁吁地说，“现在只要再放一把铁线莲和红椿象的粪球，一大桶舒服的养生足浴汤就完成了。”

小女巫不安地皱了皱眉头。木桶里的浓浆看起来有点恶心，一点也不像是能治病的东西。

黄瓜帽子把手伸进外套口袋里，小心翼翼地掏出两把粉末撒进木桶里。

“把你的两只脚放进去，等一下病就好了……用不着害怕。”他最后补上一句。

佩特娜拉没有其他选择，只好脱掉鞋子，把脚浸到桶里。不过，一开始她只敢把左脚的脚指头伸进去。

“快泡进去啊！你还等什么呢？”苹果树小人们大喊。

小女巫下定决心把双脚都放进桶里，但马上又吓得缩了回来。桶里的液体开始咕嘟咕嘟地冒泡，水面上冒出好几张一开一合的鱼嘴巴。

“噢，天哪！黄瓜帽子，你想把我当成鱼饲料喂鱼吗？”

黄瓜帽子笑着说：“别害怕，亲爱的。这种紫红色的泥浆鲷鱼不会有危险，它们可以帮助足浴的水保持在适当温度，这样效果才会好。”

小女巫犹豫地把一只脚伸进桶里，接着又放入另外一只脚。她慢慢地动了动脚指头，终于松了一口气。紫红色小鱼吹出的泡泡确实很舒服，一股暖流从脚指头一直上升到耳根，让她的牙齿停止颤抖。小女巫惬意地闭上了眼睛。

落在花园里的流星

蕾娅和路易斯虽然没有感冒，但也觉得浑身不舒服。眼看圣诞节就快到了，他们都有点坐立难安。

学校里，大家都在为圣诞剧的表演做准备。蕾娅用纸折了一千多个小篮子，当作圣诞树上的装饰。整个面包房里弥漫着肉桂饼干和杏仁的香气。

原本一切都十分美好，可惜天公不作美，连着好几天都乌云密布，大雨下个不停。鸡舍的出口放了几块垫脚石，免得母鸡们一踏出去就陷进泥浆里。到处都是湿答答的，一点圣诞节的气氛也没有！

蕾娅和路易斯站在房间里，看着雨水打在玻璃窗上，汇聚成一道道细流。

“小雪花、小白裙，你们什么时候才会降临？你们的家在白云里，离这里是不是有十万八千里……”蕾娅唱起歌来。

路易斯翻了个白眼。“你可以闭嘴吗？”

“为什么要我闭嘴？”蕾娅不服气地问。

“因为唱了天气也不会变好，还让我的耳朵听了不舒服。”

“你一定是嫉妒我，因为你不会唱圣诞歌。”蕾娅说。

“我才没有。唱歌有什么用？越唱雨下得越大了！你不要唱了，再唱下去一切都要泡汤了。”

蕾娅委屈地合上嘴巴。路易斯从桌子的抽屉里拿出望远镜，往佩特娜拉的那棵苹果树看去。如果仔细观察，就会发现苹果树最顶端的树枝上，还挂着最后一颗苹果。苹果发出一点点光芒，确切地说，是淡淡的微光，不过这点微光就足以让孩子们知道，佩特娜拉现在正待在家里。

“这个世界上也只有佩特娜拉能让雨停下来了！”路易斯说，“她只要拿起魔杖一挥，我们就能有最完美的圣诞节天气。”

“你继续做梦吧，佩特娜拉是苹果树女巫，又不是掌管天气的女巫。”蕾娅顶了哥哥一句。

蕾娅打算去妈妈的房间，在那里至少可以跟妈妈一起唱几首圣诞歌。就在这个时候，一颗流星快速地飞过花园。

“哇！你看见了吗？”

“那是流星吗？”路易斯大叫。

蕾娅点点头。“好像掉进池塘里了！”

兄妹俩互相看了一眼，同时说：“我们去看看！”他们跑出房间时，差点撞上从面包房走出来的库恩布兰特先生。他的手里还端着一盘香草月牙饼干。他们的爸爸热爱烘焙，他的手艺加上佩特娜拉举世无双的苹果蛋糕配方，让这间老磨坊成为神奇的魔法磨坊咖啡馆——一家深受大家喜爱的咖啡店。

“小心！”库恩布兰特先生大叫一声，努力稳住手上的烤盘，“你们跑这么快做什么？”

“不做什么啊，不过动作快一点的话，说不定就能看到流星了。刚刚有颗流星掉到我们的花园里了。”路易斯一边说着，一边把脚伸进雨靴里。

“有颗流星掉到花园里了？”库恩布兰特先生吃惊地问。

蕾娅点点头，同时戴上遮雨帽。“我们刚刚都看到了，你不相信的话可以跟我们一起去看看。”

“噢，你们去吧。”库恩布兰特先生往窗外看了一眼，然后说，“我还要把葡萄干面包卷从烤炉里拿出来，你们找到流星再告诉我吧！”

“好！”蕾娅回答，然后飞快地跟着哥哥钻进黑漆漆的花园里。强劲的风吹着蕾娅的遮雨帽，她得用两只手用力按住帽子，才不会被风吹跑。

“希望那颗流星没有沉到池塘底下！”路易斯大叫着朝池塘跑去。

蕾娅跟在哥哥身后穿过潮湿的草地，一直跑到池塘边才停下脚步。池塘边的芦苇被强风吹弯了腰，平常幽深平静的水面此刻泛着涟漪，看不见半点流星的踪迹。蕾娅耸了耸肩，湿冷的寒风刮过她的脸颊和鼻子，她的手指头都快冻僵了。

“居然什么都没有。”路易斯闷闷不乐地说。

“我们回去吧，好冷哦！”蕾娅颤抖着转身离开，“真可惜，如果真的是一颗流星，至少能给我们的花园带来一点圣诞气氛。”

兄妹俩垂头丧气地走回磨坊屋子。

经过面包房的时候，库恩布兰特先生打开窗，探出头问：“怎么样啊？你们找到流星了吗？”

路易斯摇摇头继续往前走。蕾娅停了下脚步，失望地看着爸爸说：“没有，什么都没看到，我觉得今年不会再有过圣诞节的气氛了。”

然而，兄妹俩不知道的是，确实有东西掉进他们的花园里，而且这东西还跟圣诞节大有关系。他们要是发现了这件事，一定会惊讶得说不出话。

圣诞节快到了，这几天圣诞老人带着好几个小矮人，做最后一次驯鹿雪橇的试驾。可是，突发的意外让他们不得不迫降。一向好脾气的圣诞老人这回也忍不住火冒三丈，一把抓住捣蛋的小矮人，把他扔下了雪橇。

这个小捣蛋鬼之前已经搞过好几次愚蠢的恶作剧了。不过，这次他实在太过分了，竟然偷偷在每头驯鹿的鞍

鞯下塞了半颗带着刺毛的栗子壳，害驯鹿们难受得像疯了似的在半空中乱跑。圣诞老人只好手忙脚乱地停下雪橇，二话不说就把小捣蛋鬼赶了下去。

“你自己走回家吧，尼瑟！”圣诞老人怒气冲冲地说，“你有大把的时间好好反省，我的雪橇上不需要你这种圣诞小矮人！”说完，圣诞老人转身回到雪橇上，头也不回地走了。

被扔下的圣诞小矮人孤零零地站在原地，一副可怜兮兮的样子。不过任何人只要看见他那调皮的眼神，就知道他才没有打算好好反省。再说天气糟透了，他才不想走回家呢。

小矮人闷闷不乐地看了看四周。突然，他听见不远处传来孩子们的说话声，赶紧躲进池塘边枯黄的芦苇丛里。

“真可惜，如果真的是一颗流星，至少能给我们的花园带来一点圣诞气氛。”说话的是一个女孩，站得离尼瑟非常近，尼瑟只要一伸手就能碰到她。

“你们想要圣诞气氛？”小矮人露出开心的笑容，“没问题，我就给你们来点圣诞气氛！”他赶紧偷偷跟在两个孩子的身后。

屋外又湿又冷，但屋子里却飘出肉桂饼干和葡萄干面包卷的香味。尼瑟灵机一动，决定悄悄住进磨坊屋子。

鸡舍里的骚动

小女巫正舒服地在苹果房子里泡着足浴汤，完全没发现花园里来了一个不速之客。她抖动脚指头拍打水面，弄得水花四溅。能够自在地活动脚指头，她觉得舒服极了。泡脚的水温刚刚好，她的鼻塞好了，头也不昏了。

“我觉得我的病好了！”小女巫精神抖擞地看着身边的伙伴们。

“别着急！”黄瓜帽子递给她一条毛巾，“你得先套上羊毛袜，然后上床休息……”

“明天一早你就痊愈了。”芦笋牙齿接着把话说完。

“明天一早？我觉得现在已经好了！”佩特娜拉一跃而起，但又立刻坐了回去。她的双腿软得像两根稻草，站都站不住。

“哎哟！”她叫了一声。

苹果树小人们笑着说：“等到明天早上，你想做什么都行，不过现在先乖乖上床休息吧。”

“听你们的。”佩特娜拉说。她感激地靠在卢休斯身上，让它扶自己上床。鹿角甲虫贴心地给小女巫拉上被子，一直盖到脖子。接着，黄瓜帽子又递上一双亲手织的羊毛袜。佩特娜拉的双脚被羊毛袜裹得暖乎乎的，她闭上眼睛，没多久就睡着了。

磨坊屋子也恢复了宁静，屋里的灯一盏接着一盏熄灭，只有旧炉子里还闪烁着火星，把整个屋子烘得暖和又舒适。

屋子外头，孤零零的圣诞小矮人着急地往屋内张望。溜进屋子没有他想得那么容易，孩子们一进去，门就跟着关上，还差点撞上了他的鼻尖。

尼瑟坐在屋外的窗台上不停地发抖。他低声骂了一句："可恶的孩子！"这两个孩子竟敢把他关在门外，害他只能坐在这里吹冷风，搞不好等一下就感冒了。

"真没良心！"小矮人满肚子怨气，"你们今年就别指望过圣诞节啦。只有今年吗？才怪！接下来整整一百年你们也别想好过！"

刺骨的寒风丝毫不理会小矮人的咒骂，围着屋子使劲地呼啸，把尼瑟吹得像果冻一样抖个不停。他伸出冰冷的手指竖起外套的衣领，把尖顶帽子拉下来盖住耳朵，但还是冷得受不了。他要是不想冻死，就得找到一个能遮风避雨的地方。他嗖的一下跳进草丛里，气呼呼地绕着老磨坊四周查看。正当他想着要不要钻到一个鼹鼠

洞或鸟窝里睡一觉时，突然发现了鸡舍。那是佩特娜拉帮孩子们一起精心搭建的。圣诞小矮人立刻两眼发亮。鸡舍里面一定比外头暖和多了，还有数不清的鸡蛋可以享用。他没有多想，往后倒退几步，一个助跑跳过了烂泥坑，嘴里仍然骂个不停。鸡舍的门轻而易举就打开了，小矮人悄悄钻了进去。

“咯咯咯咯。”娜芙蒂蒂和另外四只母鸡不安地叫了起来。平常这么晚了是不会有人来鸡舍的，母鸡们紧张地伸长了脖子。

“咯咯咯，是谁啊？”白雪问。

“咯咯咯，是狐狸吗？”红玫在横梁上紧张地拍了拍翅膀。

“咯咯咯咯、咯咯咯咯！”一窝母鸡乱糟糟地叫成一团，“狐狸、狐狸！”

“全都给我闭嘴，你们这些愚蠢的母鸡。”小矮人大骂，“我看起来像是狐狸吗？”

“是狐狸、狐狸、狐狸！”母鸡们还是乱哄哄地叫着。

“安静！”小矮人大吼一声。

母鸡们瞬间安静下来，疑惑地盯着这位夜晚闯进来的陌生访客。他的声音确实不像狐狸。

“咯咯咯，你是谁？”娜芙蒂蒂讶异地问。

“我叫尼瑟，是圣诞小矮人。”尼瑟简短地做了自我介绍，然后打开鸡舍的灯。

“圣诞小矮人？”巨蟒大吃一惊，“你不是应该待在北极吗？咯咯咯。”

尼瑟闷闷不乐地看了看四周。“偶尔也会有特殊情况！”他喃喃地说，“我现在肚子饿死了，上一餐好像已经是几百年前的事了。现在如果能吃到一只香喷喷的烤鸡，那就太好了！”小矮人说着，忍不住舔了舔嘴唇，母鸡们立刻又不安地叫起来。

“你别过来，咯咯咯！圣诞小矮人不是只吃红莓果布丁吗？”娜芙蒂蒂急得发出尖叫。

小矮人大笑说：“哈哈哈，别怕，我今天晚上吃几个鸡蛋就行了！”他飞快地从鸡窝里掏出红玫刚下的两个蛋，用尖尖的指甲在蛋壳上敲出两个小洞，一口吸出

里面的蛋黄。

“啊，真美味！”尼瑟满足地抹了抹嘴巴，“我还能再吃一个！”才一瞬间，第三颗鸡蛋又到了他手上。

这下子，母鸡们忍无可忍了。“别再碰我们的蛋啦，你这个混蛋！”娜芙蒂蒂愤怒地大叫，拍动翅膀向小矮人发出警告，“咯咯咯！冲啊！咯咯咯，让他尝尝我们尖嘴的厉害！”

接下来发生的事，完全超出小矮人的预期。母鸡们竖起羽毛，张开翅膀，张牙舞爪地扑向入侵者，凶悍的样子恐怕连老鹰都比不上。小矮人根本招架不住，只好缩着脖子，放下鸡蛋一溜烟地逃走了。

这下子，尼瑟真的只能在池塘边的芦苇丛里度过寒冷的夜晚了。一想到这里，他就气得火冒三丈！

整个晚上，小矮人不停地咒骂圣诞老人、愚蠢的母鸡，还有把他关在门外的两个坏孩子。他发誓要好好报复这些家伙，让他们尝尝自己的厉害。

小精灵家政服务公司

第二天一早，佩特娜拉醒来后，先在床上躺了一会儿，感觉一下自己的身体。她的头已经不痛了，鼻子不塞了，喉咙不痒了，双脚也不再冷得像冰块一样了。她感觉身体已经完全康复了。

她一下子从床上爬起来，刷了刷牙，梳好乱蓬蓬的头发，然后迅速地套上她最爱的绿色羊毛裙，再穿上尖尖的女巫鞋，把自己从头到脚穿戴整齐。

这三天来，她全身一点力气都没有，昨天还在沙发上躺了一整天，今天一定要好好干点活才行。她必须在姐妹们来之前，把苹果房子打扫干净，布置出圣诞节的样子。

“小猫咪、小猫咪，奔跑在雪地里。”小女巫愉快地唱着歌走进厨房。卢休斯已经坐在餐桌旁，津津有味地喝着橡木汁口味的麦片粥。

“早安，佩特娜拉！”卢休斯跟小女巫打招呼，“听你唱歌的声音，就知道你已经完全康复了。”

“没错。”佩特娜拉一边回答，一边把加满水的水壶放到炉子上。“苹果树小人的足浴汤一下子就把我的病治好了，我想送他们一个特别的圣诞礼物。”说完，她继续唱，“小猫咪、小猫咪，奔跑在雪地里。小猫咪回家低头看，哎呀，我的小爪子……”

“长出一对鸭蹼子！”卢休斯接着唱下去，“大雨要是继续下个不停，圣诞老人就得划独木舟来了。蕾娅和路易斯一定很失望，蕾娅还想摸一摸驯鹿呢。”

佩特娜拉露出了微笑。“我的好伙伴，再等等看吧。圣诞节还没到呢，说不定过几天就能堆雪人了。”她笑眯眯地坐到卢休斯身边，拿起面包涂上果酱。

吃完早餐后，佩特娜拉挽起袖子打量苹果房子。不行，房子里一点圣诞节的气氛也没有。

“该好好收拾一下啦！”佩特娜拉干劲十足地说。

卢休斯突然唰的一下站起来，从小女巫的身边挤了过去。

“能不能请你……”佩特娜拉才开口，卢休斯就投降似的举起所有的手。

“噢，不好意思！”卢休斯说，“你知道我很想帮你的忙……不过我答应芦笋牙齿要帮他修理昆虫旅馆的屋顶，那家伙一直抱怨屋顶漏水。”

“我明白了，”佩特娜拉看着卢休斯喃喃地说，“意思就是我得自己一个人打扫屋子啦。”

“哎呀，你可以用点魔法呀，一定会很好玩。说不定浓雾幽灵还可以帮忙呢。”卢休斯说完，连忙跑出苹果房子。

“多谢你的建议！”佩特娜拉气呼呼地看着鹿角甲虫的背影。打扫屋子对女巫来说也不是一件有趣的事。她确实知道几个有用的咒语，可是床底下玻璃瓶里的浓雾幽灵肯定派不上用场。上周末她带浓雾幽灵去参加聚会，结果它们绕着教堂的尖塔玩抓人游戏，吓坏了一个出租车司机。小女巫费了好大的力气，才把这些乳白色的小家伙们抓回来。不行，千万不能让它们来打扫屋子！

佩特娜拉摸着鼻子陷入沉思。过了一会儿，她决定去翻阅魔法书。虽然指挥刷子和拖把的咒语她早就背得滚瓜烂熟，不过她需要更有威力的工具，让整个屋子变得像圣诞树上的金苹果那样闪闪发亮。

突然，小女巫灵光一现。她想起魔法书最后一页上有一则小广告，于是赶紧把书打开。

小精灵家政服务公司

清洁地板，擦洗门窗，

照料马匹，驾驶车辆，

各种家政服务，随叫随到！

请念以下咒语：不等明日，就在今朝，

我一召唤，小精灵的服务就到！

佩特娜拉还有很多事情要忙呢，所以她毫不犹豫地举起魔杖，念出书上的咒语：

不等明日，就在今朝，

我一召唤，

小精灵的服务就到！

咒语一念完，苹果房子门外的树枝上就热闹了起来。水桶发出咚咚咚的声音，还有叽叽喳喳的说话声此起彼落。佩特娜拉好奇地从窗户探出头来。

“哎呀！”小女巫吓了一大跳。树枝上挤满了男男女女一共二十多个小精灵！这时，门口响起了敲门声。

“您好，佩特娜拉女士！”

佩特娜拉小心翼翼地打开门。“我们是小精灵家政服务公司的服务员，很高兴为您服务！”一位上了年纪的小精灵微笑着跟小女巫打招呼。

他留着白胡子，头戴红色的尖顶帽，热情地说：“您一声召唤，我们就来啦！”

佩特娜拉惊讶得吞了一口口水，没想到服务员的队伍这么庞大，真是出乎她的意料。男服务员戴着红帽子，女服务员系着浅蓝色的头巾，各个摩拳擦掌，把水桶、拖把敲得乒乓响。小女巫清了清嗓子，心想：苹果房子能塞得下这么一大群人吗?

“哪里需要打扫呢？”领队的白胡子小精灵问。所有的小精灵这时都拥进了屋内。

苹果房子里一下子冒出这么多人，小女巫有点不知所措，她的手不知道该往哪里指，于是嘀咕了一句：“整个苹果房子。”

“打扫整个房子！”小精灵领队一发号施令，接下来的景象真让人看得头昏眼花。客厅、厨房、卧室，到处都是在打扫的小精灵，有的擦窗户，有的清洗墙壁，有的拖地板，弄得到处水花四溅，没有一样东西看起来是安全的。佩特娜拉从这个房间飞奔到另一个房间，才把她心爱的百宝箱救下来。一个小精灵刚刚差点就把它扫地出门了。小女巫恨不得自己有一百双手，把所有可能惨遭破坏的宝贝通通救出来。眼看挂在墙上的姐妹合照也快要遭殃了，她正想大喊一声“住手”，整个屋子忽然安静了下来。

只见小精灵领队将挂歪的相框摆正，接着二十三个小精灵整齐划一地站在小女巫面前，每张小脸上都露出灿烂的笑容。

“怎么啦？”小女巫问。

“打扫完毕！”小精灵领队回答。

“完成了？真的？”佩特娜拉惊讶地环顾四周。说得没错，之前乱糟糟的房子现在变得井然有序，东西都收拾得干干净净，只有窗台上的一盆花不见了。

小精灵领队开心地笑着，等待小女巫开口。佩特娜拉过了一会儿才回过神来，开口问：“我要支付多少报酬？”

“二十三碗燕麦甜粥，”领队回答，“我们还没吃早餐呢。”

“没问题！燕麦粥！我早该想到的。”佩特娜拉走进厨房，拿出她的黑色大魔法锅，煮了满满一大锅燕麦甜粥，然后把粥盛到二十三个小碗里，每个碗里再放上一小块奶油。

小精灵们吃得津津有味。佩特娜拉的餐桌坐不下这么多人，他们就在屋子里到处找地方坐。一时之间，椅子上、架子上和抽屉里，到处都是拿着勺子喝粥的小精灵。等到吃完锅底最后一勺甜粥，他们通通站起来准备离开。

“很高兴为您服务。”小精灵领队跟小女巫道别，“如果以后还需要我们的服务……不等明日，就在今朝……”

“我一召唤，小精灵的服务就到！”佩特娜拉接着说完，然后望着厨房水槽里的一大堆锅碗瓢盆。“其实你们也可以把碗洗好再走……”小女巫一边说着，一边把这群小小清洁工送到门口。

当她转身准备回到屋里时，一片雪花飘落在门前的树枝上。这是今年的第一片雪花，接着是第二片、第三片……小女巫的脸上浮现出笑容，她知道她的姐妹们已经在赶来的路上了！

终于下雪啦

“路易斯，你看，下雪了！”蕾娅一拉开窗帘就兴奋得大叫。

“下雪了？”路易斯吃惊地从床上跳起来，“哇！下得不小呢！”

佩特娜拉家门口的几片白色小雪花，飘着飘着居然变成了一场鹅毛大雪。

“好美啊！”蕾娅穿上衣服高兴地说。

今天学校的课从第三节才开始上，他们终于能睡个懒觉了。圣诞节的前几天，教室里也跟平常不一样，同学们忙着做圣诞装饰，唱圣诞歌曲，还要排练圣诞剧的演出。托勒老师不再叫大家念课文，而是自己朗读给大家听。蕾娅和路易斯很喜欢圣诞节前的学校生活，今天他们准备交换礼物。

前几天同学们在抽交换礼物的对象，蕾娅很幸运地抽到了她最要好的朋友安卡特琳。她在一家玩具店里买了幸运娃娃，包装的罐子非常漂亮，打开来里面有一个小小的毛线娃娃，可以为安卡特琳带来永恒的爱和友情。路易斯抽到交换礼物的对象是约纳斯。一开始路易斯对准备圣诞礼物没什么兴趣，可是当他知道还有一种巫毒娃娃之后，就立刻骑上自行车赶到玩具店，买了一个万用的巫毒娃娃。店里还有解决感情问题和祈求世界和平的娃娃，不过路易斯觉得约纳斯根本用不上。

“妈妈，你看到了吗？下雪了！”蕾娅大叫着跑进厨房吃早餐。

妈妈笑着回答：“是呀，太棒了！运气好的话，说不定整个圣诞假期都会下雪呢，我一大早就感觉到圣诞节的气氛了！”

“再加上这些布置就更棒了。”路易斯指着妈妈摆在窗台上的蜡烛和圣诞花环。

妈妈亲了亲路易斯的额头，给兄妹俩各盛了满满一大碗麦片，然后加了牛奶。

“我们今天的动作要快点，”妈妈说，“我还有一堆事情要处理，市区银行的人要来咖啡馆喝圣诞下午茶。”

蕾娅皱了皱眉头，她不喜欢吃麦片。不过路易斯却吃得飞快，像是在比赛一样。

吃完早餐，兄妹俩去鸡舍喂鸡，顺便把红玫和娜芙蒂蒂下的蛋拿回来。可是刚走到鸡舍门口，就听见里面传出骚动的声音。

“发生什么事了？”蕾娅惊讶地四处张望，母鸡们从没像今天这么慌乱过。

“小心，这里有个碎掉的鸡蛋！”路易斯说，“那边还有两个！难怪它们会这么烦躁。”

母鸡们咯咯咯地叫着，乱成一团，娜芙蒂蒂愤怒地拍着翅膀。

“好可惜，三个鸡蛋没了。”蕾娅难过极了。

“我猜它们刚才打架了。”路易斯说。

“胡说八道！”蕾娅看看地面，想找出一点蛛丝马迹。“也许昨天晚上有狐狸溜进来了。”

“不太可能。”路易斯说，“要是狐狸来过，留下的不会是三个碎掉的鸡蛋，而是五只死掉的母鸡。”

兄妹俩赶紧喂完鸡，跑回家告诉妈妈，可是妈妈却不太在意。

“这种事经常发生。”妈妈说，“也许是风太大，母鸡受了惊吓，不小心把鸡蛋从窝里踹了出去。”

“有可能，昨天晚上的风刮得很大。”蕾娅说。

路易斯想的却是别的事。“如果雪一直下得这么大，我们就可以坐雪橇去上学啦。”他趴在窗户上，鼻子贴在玻璃上高兴地说。

“那还得等一阵子。”库恩布兰特先生走进门，拍掉帽子上的积雪，“今天我开车送你们去上学。我要到市区买几样东西，顺便送你们一程。可以出发了吗？”

蕾娅点点头，把书包背上。“太好了，我们快要迟到了。”

路易斯又往嘴里塞了一块饼干，才跟着爸爸走出去。外面很冷，刚刚刮干净的车窗玻璃上又积了雪。

“如果雪一直下个不停，我们就要连人带车陷进雪堆里了。”爸爸咕哝着，帮孩子们拉开车门。

蕾娅和路易斯把书包往车里一扔，正要坐进去时，妈妈从厨房的窗户探出头来。“孩子们，你们忘记带圣诞礼物了！”

蕾娅赶紧转身，踩着雪走回屋里。她没有发现，此刻有个圣诞小矮人正躲在大门旁的接水桶后面。

蕾娅进门时，小矮人也跟着溜进了门厅，躲到衣帽架的厚大衣堆里。终于溜进了温暖又香气四溢的磨坊屋子，他忍不住得意地笑了。

小矮人满足地搓着冰冷的双手，从大衣袖子间的缝隙往外看。

“幸好我及时看到，”妈妈把蕾娅送到门口，“不然你们今天在学校要郁闷了。”

“谢谢妈妈！”蕾娅亲了亲妈妈，拿着圣诞礼物往

车子跑过去。

圣诞小矮人把头缩回去，躲进衣帽架的深处。库恩布兰特太太和家人挥挥手，回到厨房开始忙碌起来。厨房舒适又暖和，坐在餐桌旁工作再合适不过了。

小矮人不安分地抓了抓头，他想马上跑到暖烘烘的烤炉后面，可是库恩布兰特太太就坐在餐桌旁，而且看起来不会马上就离开。忽然间，小矮人吸了吸鼻子，他闻到一股混合着肉桂饼干、圣诞果仁面包和姜饼的香气。这个气味不是从厨房飘出来的，而是从面包房传出来的。

尼瑟飞快地跑出去，嗖的一下穿过了过道，不到一秒钟就溜进了面包房。他像只老鼠似的到处翻找。面包房里摆着一袋袋面粉和一整篮鸡蛋，还有一罐罐装满葡萄干的玻璃瓶。尼瑟贪心地伸手抓了一大把葡萄干，塞了满满一嘴。嗯，美味极了，他心想——尤其是在饿了好几个小时，又只吃了几个鸡蛋的情况下。接着，他的目光落在一个黑色的旧烤炉上。烤炉散发的热气把整个房间烘得暖洋洋的，这对无家可归的小矮人来说，真是一个睡觉的好地方。于是他飞快地抓了五个美味的葡萄干面包卷，爬到烤炉后面。

“太棒了！”小矮人松了一口气。这里温暖又干燥，还有各式各样的食物，完全是他梦寐以求的藏身之处。再说躲在这里还能把外面的动静看得一清二楚。要是能找到合适的材料来做个柔软的小窝，那就更完美了。这时，他突然想起刚才经过了孩子们的房间。小矮人狡猾地笑了，那里肯定能找到他想要的东西。

天气女巫大驾光临

“好冷啊。”卢休斯嘟囔着抖去身上的雪花。它的翅膀上盖着一层雪，像是披了一件大衣。

佩特娜拉站在苹果房子的窗边，用她的金色海盗望远镜越过磨坊花园看向远方。“你到炉子旁边坐着取暖吧。”她说话时眼睛没离开望远镜，“我用一百个银制的苹果籽打赌，我的姐妹们很快就会到这里。”

“你怎么知道？”卢休斯问。它正伸展着翅膀在炉子旁边取暖。

“你没发现下雪了吗？”

“怎么可能没有？”卢休斯说，“这场雪来得又快又急。”

小女巫点点头。“那你觉得雪是从哪里来的呢？”

鹿角甲虫愣住了。“你是说，这场雪是你那些姐妹的杰作？”

“正是如此。她们可是天气女巫呢。”佩特娜拉点点头，转动望远镜重新调整焦距。她能想象姐妹们出现时的场景。她们一定会带来一阵冰雪，大呼小叫地冲进屋子里。

“她们马上就要到了！”小女巫说着，把望远镜递给卢休斯。

卢休斯突然脸色发白地大喊：“那边有股暴风雪正在横扫大地！现在朝我们这里来了。哦，天哪！暴风雪会把树干像火柴一样折断，还会把我们的苹果房子刮下来！”

佩特娜拉拍拍卢休斯的背，安慰它说：“没那么严重啦，你再仔细看看，发现什么了吗？”

卢休斯的大眼睛紧贴着望远镜。“天哪！”它再次大叫，“好像有三把扫帚！”

佩特娜拉笑了起来。“看到了吧？我刚才就跟你说了，我的姐妹们已经来了，而且马上就到门口。”

就在佩特娜拉说话的同时，一阵风呼啸着吹向苹果房子。小房子被吹得左摇右晃，橱柜里的餐具被震得叮当作响，卢休斯吓得大叫一声。刹那间，狂风停了，门口响起清脆响亮的敲门声。

佩特娜拉急忙跑去开门。一阵雪花向她迎面扑来，她的姐妹们终于出现在眼前，真是太令人兴奋了！四个小女巫亲热地互相问候，高兴地抱在一起。三个姐妹还在门前跳起一小段踢踏舞，也不管树枝已经被冰雪冻得硬邦邦了。

“欢迎你们！”佩特娜拉热情地招呼三位姐妹，开心地说，“希望你们一路上都很顺利！”

“我已经准备好要在这里舒舒服服地住几天啦！”大姐薇玛喘了口气，把手提箱递给佩特娜拉。她喜欢过安静闲适的生活。

“幸好没听你的，不然一路上恐怕每隔一小时就得休息一会儿。”二姐贝琳达开玩笑地说。贝琳达是个好奇心强烈的女巫，而且对人类的世界特别感兴趣。

“我们是不是该进屋里去啊，不然我都要冻成雪人啦。”玫莉娜浑身发抖，她是最小的妹妹。

佩特娜拉急忙退到一旁，请她们进屋。“请进，我亲爱的姐妹们！我一整个上午都在等你们呢。”

“小佩特娜拉，我们也很开心到这里来。”贝琳达说。她打了个响指，一大堆行李便缓缓地飘进房子里。“如果薇玛骑扫帚的技术再好一点，我们早就到了。”贝琳达在经过佩特娜拉身边时，悄悄对她说。

“她有三次差点把我们从扫帚上撞下来。”玫莉娜说，“她那把扫帚还是最新款的，手把特别粗。”

“你们说什么我都听到了！”薇玛气呼呼地从她们身边挤过去，走进客厅。

佩特娜拉笑了起来。她们姐妹的感情很好，还是和

以前一样喜欢吵吵闹闹。

“大家都进屋里吧，为我们的相聚喝一杯！”小女巫高兴地说。

这真是一个好主意！女巫们一路上被风雪冻得快受不了，喝点佩特娜拉酿的黑刺李酒，可以让身体暖和起来。

苹果房子好久没这么热闹了，屋内挤满了女巫，地上堆满了扫帚和行李箱，要是走路不小心铁定会被绊倒。

卢休斯的翅膀紧紧贴住身体，它一点也不喜欢热闹。幸好黄瓜帽子愿意在女巫们来做客期间，让卢休斯暂住在他家的客房。

“你要是想找我的话，我就在黄瓜帽子家。”卢休斯小声地对佩特娜拉说，然后连忙离开苹果房子。

薇玛仔细打量整间苹果房子。“你这里虽然小了一点，但看起来蛮舒服的。”

这时候，贝琳达轻声叫了起来，她从海盗望远镜里看见库恩布兰特先生开车回来。

“你还有邻居啊？太不可思议了！”

“让我看看！”玫莉娜从贝琳达手里抢过望远镜，“真是邪门了，还有一个女人站在门口！”

“没错。”佩特娜拉说，“他们家还有一对双胞胎——蕾娅和路易斯，现在在学校上课。”

“什么？”三个女巫发出惊呼，全瞪大了眼睛，“你是说那个人类家里还有小孩？”

佩特娜拉点了点头。

“难道不危险吗？”薇玛的声音都变了。

“小孩子的好奇心很可怕呢！”贝琳达大声说。

“他们身上有一股霉味，而且还会长水痘。”玫莉娜露出一脸嫌弃的表情。

佩特娜拉翻了个白眼，严肃地问：“你们有多久没见过小孩了？”

“这个嘛，呃……该怎么说呢？”三个女巫支支吾吾，答不出来。

“看吧，你们对小孩一无所知！”小女巫停顿了一下，接着说，“蕾娅和路易斯很可爱，我和他们相处得非常融洽！他们很有趣，也很勇敢，都是好孩子……”

“你会介绍我们认识吗？”贝琳达问。

“也许吧。”佩特娜拉回答，“好了，跟我去看看你们的房间，其实就是我的卧室啦。你们三个人住会有点小，不过再加两张床就行了。我就睡沙发。”

“不用麻烦了。”薇玛说，“我们来的时候看到花园里有辆拖车，我们可以住那里，你就不用睡沙发了，不然我们会过意不去的。”

“那怎么行，我不能让你们住在冷飕飕、脏兮兮的拖车里！”佩特娜拉生气地说。

可是三个姐妹也不肯让步。“这种事就让我们自己来操心吧。”

“我最近从书上看到一个很厉害的魔法，”贝琳达说，“可以把一间不起眼的姜饼屋变成一座宫殿。”

“我从没听说过……”佩特娜拉半信半疑。

“你不答应的话，我们现在就回家。”薇玛很坚决。

“那不行。”佩特娜拉一边说，一边观察姐妹们的表情。

“亲爱的，你快点决定。”玫莉娜出声催促。

佩特娜拉没有其他选择，只好说：“好吧，不过你们只有睡觉的时候才去那里，一起床就要到我家来。”

“那当然，一言为定！”三个女巫用力点点头，头上的女巫帽也跟着摇晃。于是，佩特娜拉带她们到拖车那里去了。

交换礼物和打雪仗

佩特娜拉在迎接三位姐妹们时，圣诞小矮人尼瑟正躲在面包房的烤炉后面，偷听外面的动静。他听见一辆汽车驶向磨坊屋子，还听见库恩布兰特先生走进厨房找太太。现在正是去偷一个柔软小窝回来的大好机会。他是圣诞小矮人，又不是流浪汉，才不要睡在硬邦邦的地上。打定主意后，尼瑟迅速地从烤炉后头溜了出来。

他一眼就看到库恩布兰特先生用来做大理石蛋糕的长方形烤模，那东西的形状像极了一张床，睡在里面一定很舒服。尼瑟毫不犹豫地把烤模从桌上拿下来，拖到烤炉边，然后躺进去试了一下。

太棒了，尼瑟心想，要是再放几个靠枕，就和他在圣诞村的小床一样舒适了。他继续偷听外面的动静，库恩布兰特夫妇还在厨房里忙着呢。

尼瑟动作利落地穿过过道，一眨眼就消失在孩子们的房间里。他屏住呼吸，躲到床后面。目前为止一切都很顺利。他从床后面小心翼翼地探出头来，忍不住吹了一声口哨——房间里竟然有一大堆玩具！他熟练地打量着它们。玩具娃娃车上毛茸茸的毯子再好不过了，只可惜一拿走就会被人发现！不过，上面的枕头要是不见了，应该不会有人发现。小矮人对着娃娃车里的泰迪熊说：“小蠢蛋，你也躺得够久了吧。”然后一下子就把泰迪熊的枕头抽了出来。

尼瑟在房间里待了一阵子，好奇地东看西看。他把盒子、抽屉和柜子全都打开，最后发现一条印有彩色小

汽车图案的羊毛毯。毯子摸起来非常柔软，于是尼瑟把毯子夹在手臂下，又顺手拿走了几本超级英雄漫画。临走的时候，他忽然冒出报复的念头。

他盯着被子底下露出来的一截睡裤，脸上立刻浮现不怀好意的笑容。他放下手中的枕头、毯子和漫画，然后在裤管上打了一个大大的结。“嘿嘿，你今晚要摔得四脚朝天啦！”小矮人得意地笑了，“谁敢把我尼瑟关在门外，都不会有好下场！”

他开心地收起偷来的宝贝，转眼就消失在面包房里。

蕾娅和路易斯这时正坐在教室里，出神地望着窗外。其他的孩子也一样。外头大雪纷飞，校园一片灰蒙蒙的，同学们都没办法专心上课，于是托勒老师提议大家一起唱《小雪花、小白裙》。

路易斯不喜欢唱歌，而且他觉得越唱说不定雪下得越大，到了下午就要在雪地里挖地道才能回家了。不过其他同学却唱得兴高采烈，一直唱到下课。蕾娅满脸洋溢着笑容，因为除了语文课，她最喜欢的就是音乐课了，而且待会就是交换圣诞礼物的时间。

托勒老师特别把这个小小的庆祝活动安排在最后一节课，让孩子们一整天都有所期待。路易斯和蕾娅巴不得从第一节课就开始庆祝，但无论如何，这一刻终于来了。托勒老师从讲台下拿出装圣诞礼物的袋子。袋子里有大大小小的各种礼物，有些包装得很漂亮，有些包得很简单。其中有一件礼物特别大，大到放不进袋子。蕾娅一早就看到奥拉夫把那个礼物带来学校了。托勒老师大声念出上面的名字，被叫到的同学一一上前去领礼物。大家拆包装的时候都很兴奋，因为谁也不知道里面究竟装了什么。

大部分的礼物都是一些实用的小东西，比如橡皮、荧光笔，或是糖果。莫娜得到了一个小小的仙人掌，手指头却不小心被刺到了。蕾娅幸运多了，她拿到一枚漂亮的小甲虫胸针。

“长得跟卢休斯一样。”她悄悄对路易斯说。

最后托勒老师把奥拉夫的特大礼物推到讲台前。蒂姆兴奋地把它抱走了。他迅速地撕开包装纸，里面是一层报纸，然后又是一层报纸，接着还是一层报纸……每撕下一层报纸，蒂姆的神情就变得黯淡一点。蕾娅觉得奥拉夫有点过分，她瞄了他一眼，发现他一直在偷笑。最后，蒂姆终于撕开了最后一层报纸，里面包着一块巧克力。

“真不错，谢谢！”蒂姆说，但他的声音透出一丝失望。

安卡特琳和约纳斯好像很喜欢蕾娅和路易斯的礼物，他们看起来蛮开心的。路易斯却有点闷闷不乐，他收到的是游乐场拼图，里面整整有七百片。他很想跟约纳斯换回巫毒娃娃，可是约纳斯不愿意。

放学的钟声终于响起，所有的孩子同时拥到了操场上。他们伸出舌头去接落下的雪花，在雪地里打滚，还打起了雪仗。就连警卫乌帕先生赶孩子们回家时，也被一个雪球击中了头。

好多年没下过这么大的雪了，蕾娅、路易斯跟朋友们约好下午再尽兴地打雪仗。磨坊花园里有的是打雪仗的地方。

“你等着看，明天我们就可以乘雪橇去上学了。”一家人吃午餐时，路易斯对爸爸说。

“这场大雪看样子一时半刻停不了，你简直就是预报天气的小精灵。”库恩布兰特先生说。

“没有比下雪的圣诞节更棒的了！”妈妈说，“现在外头很冷，池塘已经结了一层薄薄的冰。”

“我们等一下能在上面溜冰吗？”蕾娅问。

“或是打曲棍球？”路易斯问。

“不可以！要等冰层再结厚一点，现在太危险了！”妈妈说。

吃完午餐，兄妹俩飞快地写完作业，然后跑到花园里。蕾娅一脸幸福地望着天空，冰冷的雪花轻柔地落在她脸上。妈妈说得没错，下起雪来才像过圣诞节嘛。忽然，她想起一件重要的事情。

“我们是不是该跟佩特娜拉说今天会有客人来？”蕾娅问哥哥，“要是安卡特琳和蒂姆不小心撞见佩特娜拉或苹果树小人，那就不好了。”

“不用吧，佩特娜拉怎么会不知道花园里来了几个陌生人呢？”

蕾娅不这么想。“或许她正忙着准备过圣诞节，根本没空理会。”蕾娅坚持地说，“我现在就去找她。”

“好吧！”路易斯跟在妹妹身后，但是没多久，兄妹俩垂头丧气地回来了。佩特娜拉为他们准备的门铃拉绳，没有像往常那样垂下来。

“我就说她在忙嘛！她一定是在烤小饼干，或是在打扫家里，所以不希望被人打扰。”路易斯说。他坐在雪堆上，突然，一个雪球飞过来击中了他的毛线帽，接着传来一阵笑声。原来是安卡特琳和蒂姆来了，他们两人笑呵呵地站在花园里。

“嗨，你们来了。”蕾娅开心地说。

路易斯不想把时间浪费在打招呼上，他立刻捏了一个雪球扔过去，雪球嗖的一声从安卡特琳和蒂姆的身边擦过。

“嘿，你给我等着！”蒂姆兴奋得大叫。

“快来呀！”路易斯对妹妹大喊，一场精彩的打雪仗随即展开。

白色的雪球飞来飞去，打在帽子和滑雪衫上啪啪作响。路易斯捏雪球的速度快，蕾娅扔得又快又准，两人配合得天衣无缝。雪球一个接着一个朝对手飞去，不过捏得再快也跟不上扔的速度，路易斯很快就觉得无聊了。

“现在换我扔了！”路易斯大叫着开始攻击。

蒂姆和安卡特琳马上就败下阵来，不过蒂姆使出一个招数，他干脆不扔雪球了，而是两手抓起一大把雪，冲向蕾娅，拼命往她身上抹。

雪块又湿又冷，从领口钻进脖子里的话，会让人难受得不得了。蒂姆根本不管，抓起一大把雪就往蕾娅头上扣。路易斯在一旁哈哈大笑。

“住手！你太坏了！”安卡特琳决定加入蕾娅的阵营，两个女孩抓起雪球，对男孩发起猛烈的攻击。就在蕾娅一把将蒂姆推进雪堆里时，路易斯扔的雪球正好砸在她脸上。

“哎哟！”蕾娅摸着疼痛的脸，气呼呼地看着哥哥

说，“你干吗扔这么用力？”

“爱哭鬼、爱哭鬼！”路易斯又笑又叫，还扮鬼脸。

“真的很痛啊！”蕾娅委屈地抱怨，她不想再玩这个讨厌的游戏了。

“让我看看。”路易斯走到蕾娅身边，“又没怎样！”他一点也不在意，顺手又捏了一个雪球。

“你说什么？”蕾娅气坏了，她觉得哥哥有时候真的很粗鲁。

一旦被雪球砸痛以后，打雪仗就变得不好玩了。

“女孩子就是娇滴滴的，真扫兴！”路易斯说。

“你就是个蠢蛋！”蕾娅对哥哥吐了吐舌头，拉着安卡特琳的手走开了。蕾娅觉得跟安卡特琳在雪地上踩出一个大大的“8”字好玩多了，而且不会受伤。

“谁先踩到外面就算输！”安卡特琳说。

“好呀！”蕾娅点点头。一开始，两个女孩一前一后、摇摇晃晃地走在雪地上，过了一会儿，她们的步伐越来越快，想踩在线内变得越来越困难。

结果蕾娅先踩出线了，不过她一点也不在意，扑通一声躺下来，伸出双手和双腿来回摆动，在雪地上画出一个漂亮的小天使图案。她眯起眼睛，看着布满云层的天空，心想这场雪还得再下一阵子了。

两个男孩正在想办法打造一间冰屋，但是雪块不容易固定，蒂姆一不小心伤了小拇指。

这时，库恩布兰特太太在门口向孩子们招手。“你们想不想来点蛋糕和热可可？”

孩子们毫不犹豫地答应了。他们的脚指头快冻僵了，这时如果能来点蛋糕和热可可就太好了。

不一会儿，四个孩子坐在魔法磨坊咖啡馆的壁炉前，看着客人陆续进门。每个进来的人身上都沾了几片雪花，还有几个客人带了滑雪板。

库恩布兰特太太端来特制的苹果蛋糕，还有一大壶热可可。她看见蕾娅脸颊上的红印，连忙问：“你的脸怎么啦？跌倒了吗？”

“没有，被路易斯扔的雪球砸到的。”蕾娅瞪了哥哥一眼。

库恩布兰特太太严肃地看着儿子。“我跟你说过多少遍了，不能用雪球砸别人的头，一不小心会砸到眼睛的。”

“我又不是故意的。”路易斯愤愤不平地说，“她每次都爱打小报告！”

“不是故意的？鬼才信！”蕾娅说。

库恩布兰特先生正好端着一盘奶酥蛋糕走进来，听见两个孩子在斗嘴，小声对蕾娅说：“你们两个吵一下又会和好啦。”

“才怪！又不是你的脸被砸到，你才会这样说。”蕾娅气呼呼地叉起一块蛋糕。

她的脸颊还有点痛，但还是一口接一口地吃着。另外几个孩子也狼吞虎咽地吃了起来。吃饱之后，他们心满意足地靠在椅背上，看着窗外的花园。天色已经暗下来了，新雪覆盖的花园，在玻璃窗的反光下显得特别明亮。

“你们家有这样的咖啡馆真是太幸运了！”蒂姆说，“真希望我们家也有一个喝下午茶的地方。要是你们哪天不想住了，我愿意拿我的房间来交换。”

“想都别想！”路易斯说，“等我老到胡子都长到地上，我也不会搬走。”

蕾娅在心里同意哥哥的说法，她也不愿意离开老磨坊。

过了一会儿，有辆车子开进了磨坊花园。安卡特琳的妈妈从车子里出来，笑眯眯地敲了敲咖啡馆的窗户，库恩布兰特太太也笑着朝她点头示意。“安卡特琳，你妈妈来接你和蒂姆啦！”她一边喊一边去开门，手里还拿了一个托盘。

“我还不想回去。”安卡特琳不情愿地站起来。

蕾娅和路易斯在门口向同学挥手道别，看着车子消失在篱笆后面。

他们正要关门的时候，蕾娅忽然看见花园深处透出不寻常的亮光。“什么东西在发光？”

路易斯默默盯着花园看了一会儿，说：“我去看看是什么东西。”

“我自己去！”蕾娅说，“你不要跟来。”

一场华丽的魔法

兄妹俩迅速穿上还没干的外套，再套上雨靴，跑进黑漆漆的花园里。靴子踩在雪地上发出嘎吱嘎吱的声音，月亮从云层的背后探出来，为花园增添了一丝光亮。

“这里阴森森的，说不定是浓雾幽灵跑出来了。”蕾娅小声说。

“只有你这种还没长大的小鬼，才会害怕。”路易斯不高兴地说，他还在为蕾娅告状的事生气。突然，他停住脚步。“咦？雪地上是什么东西的脚印？”

“你怕了吧？”蕾娅说。

“看起来像是有一大群水牛刚刚从这里经过。”兄妹俩蹑手蹑脚地走向黑莓灌木丛，从积雪的树枝缝隙间仔细查看四周。

“是佩特娜拉！”蕾娅压低声音激动地说，“不过另外三个人是谁？”

路易斯也觉得很奇怪。佩特娜拉和另外三个人站在那辆破旧的拖车前，围着火堆像是在取暖。“看她们戴的帽子，应该也是女巫。”路易斯说。

“眼力不错！”一个低沉的声音从耳边传来。孩子们吃惊地回头一看，原来是黄瓜帽子！他穿了一件棕色的外套，所以刚刚根本没看见他在那里。

“你在偷听她们说话吗？”蕾娅问。

“当然不是！”黄瓜帽子生气地摸了摸稀疏的胡子。

“那你知道这三个人是谁吗？”蕾娅又问。

黄瓜帽子点点头。“当然知道，她们是佩特娜拉的姐妹，来过圣诞节的。”

“佩特娜拉的姐妹？”路易斯吃惊地说，“她没提过她有客人要来啊。”

黄瓜帽子没有回答，他正透过黑莓树枝条的缝隙盯着前方的动静。过了一会儿，他抓了抓头说：“我只是想知道她们站在拖车前面想干什么。”

“就是啊，在这里露营也太冷了吧！”蕾娅说。

不用多久，答案就揭晓了。黄瓜帽子和兄妹俩目睹了一场华丽的魔法。佩特娜拉和三位姐妹在拖车前围成一圈，举起魔杖在火堆上方交叉。

呼啦啦，呼啦啦，

女巫扫帚和硫黄汤，

暴风雪变戏法，蛤蟆拉屎，

猫头鹰啼，魔法显灵，

闪闪一道光，

拖车变成豪华客房！

魔法发挥作用了。一道光芒闪过，佩特娜拉的拖车瞬间变了模样。车身看起来和原来的一样，但是里面却变成了冰蓝色。

“我还以为会变得更豪华呢！”路易斯忍不住开口，但他立刻吓得一动也不动。他发现女巫们正朝他们的方向转过来。蕾娅紧张得吞了吞口水，黄瓜帽子赶紧爬到树上。突然间，一个又瘦又高的女巫用魔杖射出一条银色绳索，紧紧捆住兄妹俩，一点一点地把他们拉到面前。

佩特娜拉一眼看出抓住的竟然是双胞胎兄妹，立刻挥起魔杖，斩断了绳索。“你在做什么啊，贝琳达？”苹果树小女巫严厉地说，“我们可不是在蛮荒的西部。这两个孩子叫蕾娅和路易斯，是我的朋友！”

“这样啊。”贝琳达尴尬地收起了魔杖。

蕾娅和路易斯已经吓得说不出话来，他们瞪大了眼睛，看着佩特娜拉和她的姐妹们，她们看起来确实像一家人。

另外一个女巫忽然凑上前来，在兄妹俩的身上闻了闻。

“居然没有臭味！”她惊讶地说，“你们是真的小孩吗？”

蕾娅和路易斯小心翼翼地点点头。

“是吗？你们身上没有臭味，但应该长了水袋，对吧？”那个女巫说。

“长水袋？”路易斯被弄糊涂了。

蕾娅翻了个白眼。“她说的是长水痘！”

“没错，你们身上有吗？”女巫盯着兄妹俩问。

蕾娅和路易斯摇了摇头。

“哈，那你们不是真正的小孩！”女巫得意地大声宣布。

蕾娅忍不住笑了起来。“我们三岁的时候就长过水痘了。”

“那就是有了！”女巫满意地大喊。

佩特娜拉把玫莉娜拉到一边，双手搂着两个孩子。“既然你们见面了，我就介绍一下吧。”她说，“这两个可爱的孩子是蕾娅和路易斯，这几位……”她指着三位女巫说，“是我的大姐薇玛、二姐贝琳达，还有妹妹玫莉娜，她们都是住在高山上的天气女巫。”

三位女巫向两个孩子微微鞠躬致意，蕾娅和路易斯也跟着回礼。

“那个……佩特娜拉，”蕾娅拉了拉佩特娜拉的袖子，小声说，“为什么你的姐妹们是天气女巫呀？”她有点担心这样问会不会不礼貌。

三位女巫都清楚地听到了蕾娅的话，忍不住大笑起来。佩特娜拉也笑了，朝姐妹们眨了眨眼。“这只是碰巧而已。我们家族不知道从什么时候开始，出现了几个天气女巫，不过传统上一直都是苹果树女巫呢。好了，该去把行李拿过来了。”她对姐妹们说，“说不定蕾娅和路易斯也想帮忙。”

兄妹俩一心想答应，却忽然听见了妈妈的呼唤。“蕾娅、路易斯！你们在哪里？快点回家，不然鼻子都要冻僵了！”

“真可惜。”玫莉娜叹了一口气，她还想多观察观察这两个小孩呢。

“太可惜了，也许我们可以明天再过来。”路易斯说。

“当然可以。快走吧，不然妈妈要出来找你们啦。”佩特娜拉轻轻推了他们一下，于是兄妹俩赶紧跑回家。

“佩特娜拉介绍我们认识她的姐妹们，真是太好了。”蕾娅说。

“确实很棒。”路易斯说，“你刚刚还说会害怕呢，你就是个胆小鬼。”

“你只会数落别人。”蕾娅说，“你自己做坏事被妈妈发现还生气，该生气的人明明是我才对，我痛得眼泪都流出来了！”

路易斯装作不在乎地耸了耸肩。其实他知道蕾娅说得没错，自己心里也觉得过意不去，所以早就想道歉了。只是蕾娅为什么说个不停，还跟妈妈告状呢？最后回到家时，兄妹俩都臭着一张脸。

到了晚上，全家一起玩桌游，蕾娅没有心情加入，只想舒舒服服地躺在床上。睡觉前她像往常一样翻着故事书，可是却静不下心来，一直想着和路易斯闹别扭的事。

她正准备关掉台灯时，路易斯板着一张脸走进来。他一言不发地抓起睡衣，和往常一样躲到衣柜后头换衣服。妈妈说，这样就没人会偷看他了。谁知他刚把睡裤拉起来，整个人就从门后摔了出来。只见他气呼呼地解开睡裤上的结。

“哈哈哈，你是发现了什么好东西，还是趴在地上找什么呢？”蕾娅讽刺地说。

路易斯瞪了妹妹一眼。“你是故意的，”他揉了揉膝盖，气冲冲地说，“我的裤子才不会无缘无故打结呢！”说完，他生气地爬上床，关了灯。

“又不是我干的！”蕾娅也被他说得生气了。

“闭嘴！”路易斯吼了一句。

圣诞小矮人得意地笑了。他躲在柜子上，就等着看这一出裤管打结的好戏。

“哈哈哈，太棒啦！”小矮人兴奋得轻轻拍起手来。他舒服地靠在绒毛玩具上，等待下一个时机。终于，等到蕾娅和路易斯都睡着之后，他从柜子上一跃而下，爬上桌子，走到蕾娅挂在墙上的圣诞倒数日历*前。他踮起脚，悄悄打开印着第二天日期的那扇小门，喜滋滋地掏出里面的巧克力，放进嘴里，然后再把小门关上。明天一早，蕾娅打开小门时一定会目瞪口呆。想到这里，尼瑟心满意足地回到烤炉后面的小窝。

---

*这是专为圣诞节设计的日历。外观像个礼盒，里面分成24个小格子，上面标示12月1日到12月24日。每个格子上有扇小门，门后藏着小礼物或是糖果。从12月1日起每天打开一扇小门，24扇门都打开后，圣诞节就到了。

巧克力大战

第二天一大早，蕾娅就醒了。她昨晚睡得不太好，不然平常她都要睡到妈妈来叫才会醒。路易斯也早早就醒来了，用手枕着头躺在床上。不过，他一发现蕾娅醒来，又赶紧转过身假装还在睡。

蕾娅跟平常一样，一起床就去翻开圣诞倒数日历。她总是在刷牙前先吃掉当天的巧克力，然后满心期待圣诞节的到来。当嘴里的巧克力慢慢融化时，仿佛日子也跟着一点一点消失了。

可是今天早上有点不对劲，日历上的小门轻轻一碰就开了。蕾娅有种不祥的预感。果然，里面的巧克力不见了！

她气冲冲地对着路易斯大喊："你太过分了！"

路易斯不想理睬妹妹。他假装没听见，也不想知道她为什么生气。

可是蕾娅一点也不想放过他。"别人的巧克力很好吃是吧？我才不会让你白白吃掉！你吃掉我的，那我就吃你的，反正都一样！"

路易斯马上从床上跳起来，一把推开蕾娅，不让她接近自己的圣诞日历。“喂！你想干什么？”

蕾娅气得冲向哥哥。“你的裤管打结又不是我弄的，你这个笨蛋凭什么吃我的巧克力！”她伸手打了路易斯一拳，接着两人立刻扭打在一起。

“我才没吃你的巧克力，你的巧克力恶心死了，你的日历也一样！”路易斯气喘吁吁地想挣脱妹妹，“说不定是你自己太贪吃，一天吃了两块、五块或十块！”

“我才没有！”蕾娅大叫。

“怎么了？”妈妈走进房间，“蕾娅、路易斯！你们又在闹什么别扭？”

“他有毛病！”蕾娅大叫。

“你才有毛病！”路易斯大喊。

“你们两个都给我坐到床上去！”妈妈生气地命令。

“怎么啦？谁从床上摔下来了？”爸爸睡眼惺忪地走到门口。

“他们两个打架了。”妈妈说。

“为什么？”爸爸问。

“路易斯偷吃我的巧克力！”

“蕾娅在我的裤管上打结，害我跌倒！”

两个孩子同时大喊。

“路易斯，你为什么要吃蕾娅的巧克力？”

“我没有！”

“蕾娅，你为什么要在路易斯的裤管上打结？”

“不是我弄的！”

库恩布兰特夫妇互相看了一眼，库恩布兰特先生抓了抓头，不知道该怎么办。“好吧，这件事一下子也搞不清楚，你们两个要是自己解决不了，我们再找时间讨论。现在没时间吵架了，你们还要上学呢。”

兄妹俩叹了一口气。蕾娅一言不发地走进浴室刷牙，路易斯也默默地走到衣柜后面换衣服。

佩特娜拉正忙着准备姐妹们的早餐。今天是她们来做客的第一天，佩特娜拉打算把早餐端到她们的床前。她刚把小面包、黑莓果酱和一壶咖啡放到托盘上，大门忽然打开了，卢休斯走了进来。

“没有哪一只鹿角甲虫受得了他！”卢休斯咕哝着。

佩特娜拉惊讶地看了一眼卢休斯说：“早安！你说谁呀？”

“黄瓜帽子！”卢休斯抱怨，“他一整个晚上都在打呼噜，像是有人在你耳边用电锯不停地锯小树枝一样。”

“至少不是锯大树干！”佩特娜拉安慰它说。

卢休斯可怜兮兮地看着自己的小床问：“你的姐妹们，昨晚不会碰巧搬进小拖车住了吧？”

佩特娜拉笑着说：“对呀，她们搬进去了。我现在正要送早餐过去，你想的话，可以跟我一起去。”

卢休斯摇了摇头。“你去吧，我宁愿在我的床上睡一会儿。”

“随你吧。”佩特娜拉披上斗篷，跳上门前的大树枝，早餐托盘哐当哐当地飘浮在她身后。

佩特娜拉轻巧地爬下绳梯，每往下一格，她的身体就变大一点，到地面的时候，她已经变成了正常女巫的大小。她先小心地查看四周，然后迅速穿过刚下过雪的花园，跑到拖车那里。她敲了两下门后直接走了进去。

“哇！”佩特娜拉惊呼一声，不敢相信地揉了揉眼睛。昨天的魔法只是把拖车内的空间变大，可是她的姐妹们一定又施了什么魔法，这辆拖车现在成了史上最舒适的豪华拖车。车窗上挂了印着驯鹿图案的窗帘，窗台上摆了一个圆滚滚的雪人，终年都不会融化。拖车里有五张舒适的扶手软椅，还有一个小小的炉子，上面连着一根又粗又黑的管子。她们的床在阁楼上，得从一个又窄又陡的梯子爬上去。

佩特娜拉好奇地爬上梯子。“天哪，看起来真不错。”她惊喜地看着姐妹们的卧室。

“谢谢夸奖。”薇玛睡眼惺忪地从一堆枕头下探出头来。

“你看到门口挂的槲寄生了吗？”玫莉娜兴奋地问，“据说如果相爱的两个人从底下经过，就得给对方一个吻。”

佩特娜拉笑着说：“不会有年轻魔法师来这里跟你谈情说爱的。不过你要是看得上黄瓜帽子或芦笋牙齿的话，我倒是可以帮忙撮合。”

玫莉娜皱了皱眉头说：“不用了！”

“咦，怎么有股食物的香味？”女巫们闻了闻，“噢，佩特娜拉，你对我们太好了！”

“这是为最尊贵的客人准备的。”佩特娜拉愉悦地说，“如果你们想喝热腾腾的咖啡，就得赶紧起床啦。”

三姐妹一听，立刻从床上爬起来。她们穿着睡衣转起了圈圈，旋转速度越来越快，快得像一个个灰色的旋涡。等到停下来的时候，每个人都已经换上整齐的服装，连女巫帽也端正地戴在头上了。佩特娜拉轻轻叹了一口气——换装魔法真是太酷了，可惜她的苹果房子不够大，手臂一张开就会撞到东西。

过了一会儿，四姐妹坐下来享用早餐。她们很久没见了，有说不完的话。

佩特娜拉告诉她们月光马戏团的事，还有她和邪恶魔法师尖胡须的对决。姐妹们跟她提起五个山妖悄悄溜进她们家厨房的事。她们坐在餐桌旁聊天，直到佩特娜拉站起身，打了个响指。窗帘瞬间被拉开了。

“今天是一个晴朗的冬日。”佩特娜拉说，“我还得买点圣诞节要用的东西，你们要不要跟我一起去市区逛逛？”

“那还用问！”姐妹们面露喜色，“我们一直想看看真正的城市是什么样的！”

“城里是不是有教堂、钟楼，还有集市？”薇玛心急地问。

“还有挤满人的商店？”贝琳达喜欢观察别人的穿着打扮，来了解最新的时尚潮流。

“当然了，城里到处都是挤满人的商店。”佩特娜拉说，“不过，你们必须把女巫帽换成普通的帽子，不然太引人注目了。”

“没问题。”姐妹们点点头，一个个念起了咒语：

呼啦啦，煎老鼠肉，
酸菜和苍蝇拍，
蓝色甜羹和猫草，
女巫帽变成毛线帽！

一阵噼里啪啦声之后，所有的女巫帽瞬间变成一般的帽子。薇玛头上戴了一顶可爱的毛线帽，玫莉娜的帽子有一对猫耳朵，而贝琳达的帽子像是一顶织了小花的浴帽。佩特娜拉也换上一顶盖到耳朵的毛绒帽。一切准备就绪，她们可以出发了。

圣诞剧的女主角

“预备，向天空出发！”四个小女巫大喊一声，瞬间飞了出去。四把扫帚冲上高高的树梢，悬浮在半空中。

“向城市前进！”随着佩特娜拉一声令下，扫帚立刻朝目的地飞去，三个姐妹也跟了上去。

在白雪皑皑的大地上空飞行，是件多么赏心悦目的事。轻柔的风声传入耳中，脚下是一片雪白洁净的世界，地上公交车行驶的声音几乎听不见，积雪的原野上零星散落着一些脚印。佩特娜拉看见几个收垃圾的清洁工，正兴高采烈地打着雪仗。

“在积雪的草地上空飞行，真是太美妙了！”佩特娜拉大声高喊，在空中翻了个跟头。

“说得没错。”玫莉娜说，“你觉得这场雪要感谢谁呢？”

佩特娜拉哈哈大笑。“我都忘了你这么爱邀功呢！”

小女巫姐妹们一路上有说有笑，骑着扫帚划过天空。

“还有多远啊？”过了一阵子，薇玛问。她摇摇晃晃地骑在扫帚上，脸色有点苍白。

“不远，很快就要降落了，然后再走一小段路就到

了！”佩特娜拉一边说着，把扫帚柄往下压，准备降落。

小女巫们一个接着一个飞向地面，降落在三棵大橡树中间的空地上。她们把扫帚藏好后，往城里走去。

库恩布兰特家里，兄妹俩还在闹别扭。蕾娅不想和哥哥一起吃早餐，故意飞快地刷牙洗脸，用最快的速度吃完麦片粥，然后迅速地喂好母鸡。等她回到屋里时，路易斯才拖着脚步来到餐桌旁。蕾娅知道哥哥也不想跟自

己在餐桌上碰面，所以才故意拖拖拉拉。她才不在乎，反正她一点都不想跟这个讨厌鬼待在一起。她立刻穿上外套和靴子，抓起书包往门外走，结果一头撞上了爸爸。

“哎哟，你冲这么快出去干什么？”

“没有啊，怎么了？”蕾娅说着，从爸爸旁边绕了过去。

“你不等哥哥啦？”

“你说谁？我不认识。”蕾娅甩了甩头说。

“你们俩还没和好啊？”

“我才不想跟那头黑猩猩和好。”

蕾娅话一说完就跑出家门。到了车站她才发现今天特别冷，而且公交车还要过十五分钟才会来。她回头看了看磨坊屋子，又望了一下佩特娜拉的苹果房子。她在想，要不要去小女巫家坐一会儿打发时间。可是一想到佩特娜拉的姐妹们，蕾娅又打消了念头。她用围巾紧紧围住脖子，不停地跺着脚。车站里除了她以外，一个人也没有。这个车站原本是为了老磨坊才建的，现在只剩下要到魔法磨坊咖啡馆的客人才会来搭车，不过一大早自然没有什么客人。蕾娅看了看时间，还有一分钟，幸好路易斯还没到。车子沿着乡间公路缓缓驶来，在她面前停下了。车门唰的一声打开。这时，路易斯出现了。他在最后一秒从路口跑过来，跳上了公交车。蕾娅坐在第二排，但是路易斯却直接从旁边走到最后一排，假装没看到她。

到了学校，兄妹俩仍然不搭理对方。不过反正他们本来就不坐在一起。蕾娅的旁边是安卡特琳，路易斯的隔壁是蒂姆，他们彼此都有说不完的话。

第五、六节课要排练耶稣诞生剧*。放假前的最后一天，孩子们要在市中心的广场表演。他们自己写剧本，一遍遍讨论每一幕的情节。托勒老师准备了表演当天要穿的服装，等会儿就要分派每个人要演的角色了，大家既紧张又期待。

天使的裙子是用闪亮的金色丝布织成的，长长的裙摆一直拖到地上，再搭配银色的翅膀、可爱的鬈发和天使光环。蕾娅觉得所有的服装里，这是最漂亮的一件了。当托勒老师问谁想演天使的时候，班上所有的女孩都举手了。路易斯也举了手，不过蕾娅知道他根本是故意捣乱。最后托勒老师选了安卡特琳，她开心得脸颊红通通的，看上去就像是真正的圣诞天使。蕾娅有点羡慕，也有点嫉妒。但她万万没想到托勒老师接着竟然选她演主角玛利亚！玛利亚的服装是一件深蓝色的丝质连衣裙，搭配一条银色腰带，蕾娅也非常喜欢。接下来是玛利亚的丈夫约瑟，托勒老师选了奥拉夫来演。蕾娅立刻涨红了脸。奥拉夫平时就爱出风头，上次还故意用包得最大的礼物捉弄同学，谁也不想和这种人演一对夫妻！

---

*耶稣诞生剧是《圣经》中的故事。有位天使告诉玛利亚，她会生下一个男孩，而且这个男孩长大后会成为救世主。后来，玛利亚在马厩中生下了婴儿，也就是耶稣。三位智者——东方三博士得知消息后，前往马厩祝贺。当时的国王是大希律王，他听说了救世主的预言后，立刻派人去杀死所有刚出生的婴儿。幸好，那时玛利亚和丈夫约瑟已经带着耶稣逃走了。

老师刚宣布完，蕾娅就听见路易斯和蒂姆在开自己的玩笑。蒂姆一边做出亲嘴的动作，一边喊着：“哦，我亲爱的蕾娅，哦不……玛利亚，啵、啵、啵！”

“亲爱的！”路易斯也跟蒂姆一唱一和。

蕾娅把双手交叉在胸前，狠狠地瞪着哥哥。奥拉夫一句话也没说，脸却涨得跟蕾娅的一样红。幸好这时托勒老师说：“路易斯，你来演牧羊人。蒂姆，你当旅馆的老板。现在还剩下东方三博士、大希律王和几头羊，有谁要演？”

大希律王是个坏心的统治者，大家都不想演。最后是约纳斯自告奋勇，让托勒老师松了一口气。不过托勒老师请洛莉塔演其中一位东方三博士时，男孩子又开始吵吵闹闹了。等到所有的角色都安排好，教室终于再度安静了下来。回家的路上蕾娅和路易斯还是分开坐，相互不搭理。不过一想到自己要演主角，蕾娅的心中洋溢着喜悦，她等不及要告诉爸爸妈妈这个好消息了。

女巫大闹集市

佩特娜拉和姐妹们在城里兴高采烈地逛街。不过，佩特娜拉很快就发现，三个精力旺盛的天气女巫比跳蚤还要难控制，陪她们逛街简直快累死人了。

三个姐妹一开始还很安分。她们在大街上优哉地闲逛，遇到有圣诞装饰的橱窗，就会停下来买点节日用的东西，偶尔观察一下提着购物袋匆匆经过的行人。

她们最喜欢城里的圣诞集市。集市上的人潮拥挤，和平安夜的教堂一样热闹。有人拎着大包小包，有人用雪橇拉着圣诞树，每个人看起来都很匆忙。空气里弥漫着烤苹果和热红酒的香气。库莫林面包房在集市设了五个摊位，现场制作各种口味的酥皮派。每个摊位几乎都播放着圣诞歌曲。

玫莉娜看见一个卖气球的人站着发呆，手里拿着一大把气球。

“那个人好像很无聊的样子。”玫莉娜说。

“他一定是站了好几个小时，不无聊才怪。”佩特娜拉说，“圣诞节快到了，每个人的脚步都很匆忙，没空理别人。”

“说不定我们可以帮上一点忙，比如让他飞到半空中，怎么样？”玫莉娜说完，便用手一指。卖气球的小贩立刻双脚离地，飞了起来。

“啊——”气球小贩发现自己升到半空中，忍不住大叫。

“快拉住他，他要飞走啦！”旁边卖棒棒糖的人指着头顶上方大喊。这下子，整个集市的人都注意到卖气球的小贩了。人们纷纷停下脚步，抬头看向天空。只见气球越飞越高，经过了市政厅大楼最顶端的那扇窗户。佩特娜拉决定出手阻止这场闹剧。她不动声色地挥动魔杖，卖气球的小贩终于缓缓降落到地面。

那个人一到地面，赶紧放掉了手上的几个气球，生怕再被拉到半空中。“我这辈子从没碰到过这种怪事。”他上气不接下气地说。围观的群众也都松了一口气，有几个人还同情地买了几个气球。

“你干吗阻止我，佩特娜拉？”玫莉娜不高兴地说，“我们原本可以打赌看看他能不能飞到美国呢。”

“飞到美国？”佩特娜拉哼了一声，“他最多只能飞到市政厅的钟楼上。你们跟我保证过不会捣乱的。”

此时此刻，贝琳达的一双眼睛正盯着路边的橱窗，完全没注意到刚才发生的意外。走进集市以后，她每到一个橱窗前都要停下来，急切地盯着里面陈列的商品。

“我这辈子从没见过这么漂亮的裙子。”她叹了一口气说，“你们看那件蓝色的雪纺连衣裙，是不是很适合我？我非穿上不可！”

还没等到姐妹们回答，贝琳达就冲进了店里，其他人也只好跟着进去。

“哇，天哪！这家店的衣服太美了。”贝琳达大叫，兴奋得直拍手，“随便穿上哪一件，我都能成为魔法舞会上的明星！”

她在一排排衣架间跑来跑去，不知道要先看哪一件才好。

“好吧，我要这件、这件，还有这件……”她指着一件大衣、一件衬衫和橱窗里那条蓝色连衣裙。话一说完，被挑中的衣服就从衣架上滑落下来，摇摇晃晃地飞进贝琳达手上的大旅行袋里。更神奇的是，根本没人注意到她的手上什么时候多了这个旅行袋。

佩特娜拉吓得一把抓住她的手臂，小声地说：“你最好快点停止使用魔法，店员在看着你呢！你要付钱才能买这些东西，不能直接放进包里。”

“不能直接拿吗？”

佩特娜拉摇了摇头。

“真可惜。”贝琳达叹了一口气，把一件件衣服从旅行袋里赶回衣架上。

“请问您要找什么样的衣服呢？”店员一脸疑惑地走到她们面前。

“不用了，谢谢！”佩特娜拉说着，半推半拉地把姐妹们送到门口。这时，一位女士刚从试衣间出来，她身上穿着一件银色的曳地晚礼服，在镜子前面转起圈圈。

贝琳达的双脚像是生了根，一动也不动地盯着那位顾客。“哇！”贝琳达惊呼，“这件晚礼服太梦幻了！比橱窗里的那件还要好看。”

贝琳达朝店员招招手。“您看到那件晚礼服了吗？我就要那件，麻烦帮我包起来，越快越好。”

店员一脸错愕地看着贝琳达，冷冷地说：“这恐怕不行，那位女士已经挑了那条裙子。”

“可是我就是想要那条裙子！”贝琳达非常坚决。

“真可笑！”那个女人听见她们的对话，哼了一声。

“我们还有一件差不多的晚礼服。”店员试图安抚贝琳达。

“不要，我就要那件！你听到了吗？”佩特娜拉来不及阻止，贝琳达就拿出了魔杖。

呼啦啦，女巫扫帚，

晚礼服和粗鲁的家伙，

让所有的钟表都停摆，

我要的东西快快送上来！

咒语一念完，晚礼服立刻飞到贝琳达的手上。

刹那间，镜子前的女士身上只剩下一条衬裙。她发出惊恐的尖叫，急忙用试衣间的拉帘裹住身体。

佩特娜拉一把抢走贝琳达手上的晚礼服，连忙把姐妹们推到店外。

“你干吗呢？到底怎么啦？我只是想要那件……”贝琳达生气地大喊，薇玛立刻变出一块板子卡住门口，以免店员追出来。

佩特娜拉拖着姐妹们仓皇逃到街角。“我的老天啊！你们全都疯了吧？”佩特娜拉说，“你们简直是目中无人，怎么可以在街上任意使用魔法呢？你们是想把别人吓死，还是想让整条街上的人都怀疑我们的身份？这下子目的达到了！”

“救命、救命啊，我们被魔法困住了！”服装店里传出呼救的声音。

“看到了吗？这就是你们干的好事，逛街到此为止。”佩特娜拉严厉地说。

“能不能飞到城市的上空再绕一圈呢？”贝琳达小心翼翼地问。

佩特娜拉摇了摇头。“下次吧，我们该回去了。我还要把苹果树小人的礼物用魔法加点工，再烤一些魔法姜饼。”

“你要烤魔法姜饼？”姐妹们激动得叫了起来，“噢，拜托你，让我们帮你一起做，好吗？”

佩特娜拉露出笑脸，点了点头。魔法姜饼是每年平安夜的重头戏！玩“女巫快跑”的游戏时，输的人得吃一块魔法姜饼。你永远不知道吃到的是哪一块，有可能像黄瓜帽子一样发出狮子的吼叫，或是跟佩特娜拉一样像燕子般叽叽喳喳个不停，逗得大家哈哈大笑。

苹果树小女巫特别期待今年的平安夜，一想到蕾娅和路易斯要来苹果房子和她们一起庆祝圣诞节，尝一尝魔法姜饼的滋味，她的心里就充满了喜悦。

三个奇怪的顾客

魔法磨坊咖啡馆生意忙碌的时候，蕾娅和路易斯都会去帮忙。蕾娅的心算好，可以帮忙结账；路易斯比较会招呼客人，所以由他担任服务员。最后两人再平分客人给的小费。

今天下午咖啡馆里坐满了人，闹哄哄的。圣诞节就要到了，许多俱乐部和小公司都预约了要在这里举办圣诞活动。蕾娅和路易斯得打起精神，才能应付这样的大场面。

“结账！”一位女士喊着。她和家人坐在窗边的位了。

蕾娅赶紧走过去，熟练地询问：“今天的餐点合您的口味吗？”其实不用问也知道，佩特娜拉的苹果蛋糕美味无比。这家人吃了六块，还准备打包六块带回家。

“味道好极了。”那位女士回答。

蕾娅收下钱，并且感谢她给的小费。就在这时，咖啡馆的门突然被推开了，三个女人走了进来。

蕾娅看了一眼，觉得有点眼熟，紧接着便吓了一大跳。那三位分明就是佩特娜拉的姐妹，但是佩特娜拉却

没有跟来！那么她们来这里做什么呢？蕾娅有点不安，路易斯也担心起来。他们互相看了一眼，又迅速移开视线。

“午安！”女巫三姐妹站在门口，好奇地打量整个咖啡馆。

玫莉娜的脖子上挂了一个望远镜，打算好好观察店里的客人。她穿着短裤，戴了一顶圆顶遮阳帽，看起来像是要去非洲狩猎。贝琳达和薇玛的打扮跟平时没有两样，连女巫帽也戴在头上。咖啡馆的客人都伸长脖子，开始窃窃私语。蕾娅还在犹豫该不该跑去通知佩特娜拉，库恩布兰特太太已经看到新来的客人了。

“你们好！”妈妈跟三位客人问好，“你们能找到来我们咖啡馆的路，真是太好了。我们很欢迎第一次来的客人，只是快到圣诞节了，客人比较多……”妈妈环顾四周，看哪里还有空位。“靠窗那边正好有三个位子空出来了。蕾娅，请带三位女士过去。”

“请跟我来！”蕾娅说。

三位女巫好奇地打量着她，脸上忽然闪过一丝微笑。

“我想起来了，你是那个真正的小孩！”玫莉娜大声说，“我们见过面，在佩特娜拉……”

“嘘！”蕾娅对她们做了个手势。

女巫们顿时警觉起来。“怎么啦？这里有山妖还是其他妖怪吗？”薇玛立即抽出魔杖。她的魔杖就挂在腰间，任何人一眼就能看见。蕾娅连忙摇摇头说：“没有，不过你们最好别太引人注意了。”

“引人注意？什么意思？”三位女巫疑惑地看着蕾娅。

“我是说……算了。来吧，我带你们去座位那儿。”

女巫们快步跟在蕾娅后面。她们从一张张桌子中间挤过去，动作有点粗鲁。不过最后总算坐下来了，蕾娅也松了一口气。

“哪来的三个乡巴佬？”隔壁桌的一位男客人小声地说，但蕾娅和三位女巫都听到了。他的太太笑出声，点了点头说：“还戴着遮阳帽，真是太可笑了。”

“那女人说的是你。”贝琳达对玫莉娜说，顺便挪了挪椅子，好看清楚咖啡馆的每个角落。

玫莉娜灵机一动，她等那个男人往咖啡里加糖的时候，悄悄伸出手往糖罐一指。突然间，糖罐的盖子掉了下来，整罐糖都倒进了咖啡里。

“倒霉透了！”那个男人看着撒满糖的杯子骂了一句。“喂，小丫头！”他朝蕾娅招招手，“再给我一杯咖啡，还有，盖子没盖紧的话别拿过来。”

蕾娅默默地把撒满糖的咖啡端给妈妈。

三位女巫皱了皱眉头。这时路易斯手上拿着菜单过来了。

“你手上拿了什么书？”贝琳达大声说，“先给我看！”

“不行，先给我看，我是你姐姐……”

“别吵！每个人都有。”路易斯在她们大打出手之前赶紧解释，“这是我们的菜单，上面是今天供应的蛋糕。”

“啊！”女巫们面露喜色，“你看你看，佩特娜拉的魔法苹果蛋糕也在上面！”

路易斯清了清嗓子。“佩特娜拉怎么没跟你们一起来？”

“什么？佩特娜拉？哦，她正在家里休息，她忙了一整天了！”贝琳达的鼻子都快贴到菜单上了。

“那她知道你们在这里吗？”路易斯又问。

“好了，别问那么多啦！”贝琳达用手指点了一下路易斯的鼻尖。

这时，蕾娅又拿了一个糖罐和一杯咖啡回来。她把两样东西放在那位客人的桌上，礼貌地说：“请慢用。”

“真够慢的！”男人不耐烦地说。

“你们选好了吗？”蕾娅转头问三位女巫。

“这是我负责的，你别插手！”路易斯板着脸说。

蕾娅双手叉腰，深吸一口气准备开口反击的时候，薇玛把菜单放到了一边。

“我们可以点餐啦。”薇玛趁兄妹俩吵架前赶紧开口。

“好的，请问你们要点什么？”路易斯一边问，一边把蕾娅推到旁边。

“我要一个泡芙、一个杏仁奶油圆蛋糕、一个蔓越莓小蛋糕、一个林兹蛋糕、一个巧克力香蕉蛋糕、一个雪球蛋糕和一个大理石蛋糕。”

“我也来一样的吧！”玫莉娜和贝琳达同时开口。

“还要一杯咖啡。”

隔壁的女人又笑了起来。“你听见了吗？”她跟身旁的男士嘀咕。

男人点点头，不屑地说：“在她们吃到吐出来前，我们赶快离开这里！”

路易斯尴尬地抓了抓头。“你们点了菜单上所有的东西，我怕吃这么多你们会肚子痛。”

“才不会。”薇玛向他保证，“你绝对想不到我们平常都吃什么东西！”

“你们都吃什么？”路易斯好奇地问。

“鸡蛋糕或法式吐司之类的，哈哈哈。”

三姐妹发出一阵高亢又尖锐的笑声，吓得路易斯以为她们又要来抓他的手臂了。

“小伙子，快去把我们的餐点端上来！”玫莉娜说，“或者我也可以帮你一起拿。”

路易斯还来不及说不，玫莉娜已经站起来跟在他身后，穿过咖啡馆来到面包房。这时，库恩布兰特先生正在把蛋糕放到托盘上。

“爸爸，每一种蛋糕都来三份。”路易斯说。

爸爸一脸错愕地看着他。“谁点的？”

“我和我的姐姐！”玫莉娜回答。

“嗯。”库恩布兰特先生努力想把目光从她身上移开，但是那顶圆顶遮阳帽加上短裤，在大冷天里……让人不多看两眼都难。

“她们……她们是报社的美食特派员！”路易斯不禁脱口而出。

“是吗？”库恩布兰特先生和玫莉娜同时开口。

路易斯点点头。

“哪家报纸派来的？”库恩布兰特先生还有点怀疑。

“《黑猫日报》。”玫莉娜想都没想就说出口。

“从来没听过。”库恩布兰特先生犹豫着抓了抓头，“好吧，不过蛋糕不能免费提供……三份都免费是不可能的。”

“那当然，我们会付钱的，不然我身上带这么多金币要做什么？”

库恩布兰特先生弯下腰，小声地对路易斯说：“这个女人好像怪怪的，不过别怕……”

“我不怕，爸爸！”路易斯轻拍爸爸的背，让他放心。

库恩布兰特先生转过头对玫莉娜说：“我马上为您准备。只不过今天无法供应大理石蛋糕，用来烤大理石蛋糕的模具不知道怎么……”他停顿一下，环顾四周后说，“不见了。”

没过多久，库恩布兰特先生把第一批蛋糕亲自端去给客人。当他转身要回面包房拿第二批蛋糕时，突然发现玫莉娜就站在他身后。

“啊，你吓了我一跳……”库恩布兰特先生话说到一半，忽然愣住了。眼前的玫莉娜像一棵圣诞树似的站在那儿，头上顶着盘子，肩膀和两只伸直的手臂上也放满了盘子，连鞋尖上都稳稳地放着两盘奶油泡芙。整个咖啡馆爆发出一阵喝彩，客人们纷纷鼓起掌来。

路易斯赶紧冲过去接下玫莉娜肩膀上的餐盘，蕾娅也来拿走她鞋尖上的盘子，以免惹出不必要的麻烦。

这时，厨房里忽然传来一阵乒乒乓乓的响声，库恩布兰特先生和太太同时冲进厨房。不过幸好只是几个烤盘从桌子上掉了下来，但天知道这些盘子是怎么掉下来的。

“今天是怎么搞的？”库恩布兰特先生说。

“八成是家里来了个捣蛋鬼。”库恩布兰特太太一边说，一边捡起烤盘。

“那三个奇怪的女人说是报社的特派员，但我猜她们吃饱后就会逃之夭夭。”库恩布兰特先生的心情有点糟，但他的太太却只是笑了笑。

“你在说什么呀，孩子们留意着呢。如果她们真的是特派员，又喜欢我们家的蛋糕，说不定我们很快就能开第二家咖啡馆啦。我只希望她们能把蛋糕全都吃完，不要剩下一大半。”

库恩布兰特太太的担心是多余的，三姐妹的胃口很好，大口大口地把所有甜点都吃得一干二净，连碎屑都不剩。

“太好吃了！”玫莉娜拍拍肚子吐了一口气，“该起来动一动啦！你们想不想跳支舞？”贝琳达和薇玛迫不及待地点头。

蕾娅和路易斯互相看了一眼，可是马上又想起他们还没有和好。

“这里没有适合跳舞的地方。”蕾娅说。

“也没有合适的音乐。”路易斯补充。

“哎呀，我们不会占用太多地方的！”玫莉娜说。

“嘿，薇玛，你带手风琴了吗？”

“带了！”薇玛在手提包里掏了一会儿，看得一旁的蕾娅和路易斯目瞪口呆。谁敢相信一个小小的手提包竟然能掏出一架手风琴？当手风琴的乐声响起，整个咖啡馆就只听得见吱吱嘎嘎刺耳的噪音。

兄妹俩的表情十分紧张，不停地在心里面嘀咕：“这算什么音乐啊？”

“你不介意我用低音号给你伴奏吧？”贝琳达说着，把手伸向她的小手提包。刚开始包里好像有什么东西卡

住了，接着一把迷你的低音号被掏了出来。

眼前发生的事情已经越来越不可思议，兄妹俩不禁担心该怎么跟爸爸、妈妈，还有其他客人解释才好。

“我去叫佩特娜拉！”蕾娅说完，看都没看路易斯一眼，转身就往门口跑。她一打开门，还没来得及冲进花园，佩特娜拉就已经站在眼前了。蕾娅松了一口气，气喘吁吁地说：“佩特娜拉，太好啦，你总算来了！”

佩特娜拉点点头说：“希望我的姐妹们没给你们惹麻烦。你帮我把她们叫出来好吗？”

蕾娅像是找到救兵一样连忙点头。她才一转身，玫莉娜就已经走过来了。“噢，佩特娜拉！”玫莉娜兴奋地说，“快进来，这个咖啡馆太棒啦，我们在这里玩得真开心！我正好缺个舞伴呢……”

佩特娜拉摇摇头说：“我没时间跟你们玩，还有很多事情要做，你们可以回去帮我做些小篮子，把圣诞树好好装饰一番。”

“装糖果的小篮子吗？”玫莉娜兴奋地说，“太棒了！我已经有一百二十年没有做过了，我最喜欢这种小篮子啦。等一下，我马上去跟薇玛和贝琳达说。”

没多久，女巫三姐妹从咖啡馆走了出来。“我们刚跟你哥哥结过账了。”她们对蕾娅说。接下来，三位女巫有说有笑地大步走出咖啡馆，穿过夕阳西下的花园。

佩特娜拉不好意思地对蕾娅笑了笑。“我的姐妹们真是让人放不下心，不过我还是很开心她们过来做客！”

黑暗中的一记耳光

等魔法磨坊咖啡馆的最后一批客人离开，整个屋子又恢复了宁静。

蕾娅忙了一天已经累坏了，加上还在跟路易斯怄气，她的心情糟透了。她沉着一张脸刷完牙后，换上睡衣走进房间。过两天就要表演了，她准备在睡觉前再看一遍剧本。她刚拿着剧本爬上床，忽然感觉自己的脚好像碰到了什么东西。“啊——”她尖叫一声从床上跳起来，定睛一看，上面竟然趴着一只巨大的死龙虾！

这时，路易斯进来了。他先是看见妹妹抱着被子站在床前，再看看床上的死龙虾。“你有新玩偶啊，真可爱。”路易斯冷笑一声说。

“把它从我床上拿走！”蕾娅生气地说。

“干吗要我拿？”路易斯说，“你床上的龙虾关我什么事？我又不知道是从哪里来的。”

“你少来了！你到底有完没完啊，当你的妹妹真的很倒霉，你是全世界最坏的家伙！”

“那你就是个笨蛋！”路易斯吼了回去，因为蕾娅的话伤了他的心。

兄妹俩僵持不下，最后是库恩布兰特先生进来拿走了那只龙虾。

他对路易斯说：“你觉得这样很好玩吗？为什么要把死掉的龙虾放到妹妹的床上？你是从哪里拿来的？”

“不是我啊！我也不知道龙虾是从哪里来的！”路易斯大叫，“为什么你只相信蕾娅，不相信我？”

“很简单，因为蕾娅不会把龙虾放到自己床上。”爸爸说。

“我的天啊！可是真的不是我！”

“好吧，明天放学后我和你们俩聊一聊，好吗？”

兄妹俩点头同意，默默爬回自己的床上。“整个房间都是腥味！”路易斯抱怨着把床头灯关了。

“跟路易斯一样臭！”蕾娅回了一句，同时关上了灯。

等到整栋屋子完全安静下来后，圣诞小矮人才从烤炉后面爬出来，伸了伸两条腿。一只在池塘找到的死龙虾，就能把兄妹俩耍得团团转，这个恶作剧太好玩了。接下来要做什么来打发时间呢？他想：一个人待在面包房里实在很无聊，不过，无聊总比辛苦工作好多了。这个时候待在圣诞村肯定有做不完的工作。这么一想，尼瑟立刻觉得被扔在这里也不是什么坏事。他惬意地伸个大懒腰，悠闲地晃到厨房。

老旧的烤炉里，炭火发出红色微光，窗外的雪花翩翩飞舞着。尼瑟拿起一个肉桂面包卷坐在窗台上，忽然觉得有点想家。毕竟再过几天就是圣诞节了。在圣诞村里，工作结束之后，所有的圣诞小矮人都会聚在一起庆祝，人多气氛更加欢乐。但他现在只能一个人孤零零地过节了。尼瑟叹了一口气，他想到短时间之内也回不了家，干脆再搞些恶作剧来打发时间。

正当他想着恶作剧的点子时，过道上往厕所的方向出现了脚步声。他立刻竖起耳朵，从窗台上嗖地跳下来。太好了，来得正是时候，尼瑟心想。他兴奋地跑到厕所门口，使出浑身力气顶住门。

路易斯原本睡眼惺忪地坐在马桶上，按下冲水按钮后准备回房间睡觉，可是门怎么都打不开。他忽然意识到，有人把门锁上了！

他瞬间清醒过来。他先试着转动门把手，接着使出浑身力气往外推，可是不管使多大力，门就是打不开。不过刚刚用力推的时候，硬生生地开了一条缝。很明显地，一定是有人在外面顶住了门！“蕾娅，你快给我走开！”路易斯气冲冲地喊。

尼瑟忍不住偷笑起来。

路易斯的火气更大了。他往后退了几步，用力朝门上撞过去。小矮人万万没想到会这样，一下子失去了平衡，滚到过道上。“混账东西！”他气得大叫，从地上跳了起来，狠狠地打了路易斯一记耳光。

“哎哟！”路易斯被打得莫名其妙，脸颊传来一阵火辣辣的疼痛感。他原本只是来上个厕所，现在却挨了一记耳光。“蕾娅！”他刚骂出声，就看见一个小小的身影消失在面包房里。路易斯左思右想，终于弄明白了——面包房里来了一个地精！地精最擅长捉弄人，还动不动就打人耳光。

路易斯的脸颊还在发烫，不过心底的一块石头总算落地了。看来把他裤管打结的人不是蕾娅，刚才那记耳光也不能怪她，是他一直误会她了。路易斯突然觉得有点愧疚，他跑进房间，轻轻推着蕾娅的肩膀说：“蕾娅，快醒醒！我跟你说一件重要的事情。”

“你不要来烦我了。”蕾娅对他吼了一声。

“刚才有人打了我一个耳光。”路易斯激动地说。

“如果你以为是我做的……那你就错了。”蕾娅大声说。

“我知道。”路易斯说，“我看到是谁干的了。”

蕾娅马上从床上坐了起来，睁大眼睛看着路易斯。“是谁？别跟我说是妈妈或爸爸！”

路易斯摇了摇头。“才不是，是一个地精！我敢确定。”

“地精？”蕾娅叫了一声，“你说一个地精打了你耳光？”

“还把我的裤管打结，吃了你的巧克力……”

“还把死掉的龙虾放在我床上！”蕾娅说，“你看到他躲在哪里吗？”

“他跑进面包房了。”路易斯回答。

听到这里，蕾娅已经忍不住了。她打开床头灯，跳下了床铺。

“走，我们去看看。”

兄妹俩像两只小猫一样，蹑手蹑脚地走进面包房。

“小心点！”路易斯小声说，“他可能会魔法，我们应该找佩特娜拉……”

突然，蕾娅发现了新证据。“你看，面粉上有脚印，一直到烤炉后面去了！”

“奇怪，地上怎么会有面粉？”路易斯说。

蕾娅耸了耸肩。

“让我看看！”路易斯从蕾娅手上接过手电筒，照在小矮人藏身的地方。

“你看到什么了吗？”

“真不敢相信。”路易斯小声说，“他用烤模给自己做了一张床，就是爸爸一直找不到的那个大理石蛋糕烤模。”

“那是泰迪熊的枕头。”蕾娅生气地说，“他还偷了两个蛋糕铲、妈妈的耳环，还有你的变形金刚。”

“什么？”路易斯把妹妹挤到一边。

“是那个金色的变形金刚！”路易斯气呼呼地说，“我昨天找了一天，还以为是你藏起来了。”

兄妹俩面面相觑。“现在怎么办？”蕾娅问。

路易斯耸耸肩。“明天一早，我们就去告诉佩特娜拉，也许她知道赶走地精的办法。”

这时面包房的灯突然亮了，库恩布兰特先生眯着眼睛站在门口。

“发生什么事了？”他惊讶地问，“我以为你们俩再也不跟对方说话了呢！”

“那是昨天的事，爸爸。我们现在和好了。”路易斯说。

“那三更半夜的，你们是来面包房庆祝和好

吗？还是有别的事？”库恩布兰特先生好奇地问。

“没什么事，我们、我们……”

“我们听见面包房里有声音。”蕾娅说。

“然后呢？你们发现什么了吗？”

兄妹俩摇摇头说：“没有。”

“连老鼠也没有。”路易斯肯定地说。爸爸最担心面包房里的面粉会引来老鼠。

“一切都没问题，你放心去睡吧，爸爸！”蕾娅说着，把爸爸推出了面包房。

“好吧，你们也赶快回去睡觉！”

兄妹俩点点头，回到自己的房间。

“你的脸还好吗？”蕾娅爬上床时问哥哥。

“我都忘记了！”路易斯说。

房间里静悄悄的，路易斯轻轻唤了一声：“蕾娅？”

“嗯？”

“对不起，我把雪球扔到你的脸上，还对你那么凶。”

“我也很抱歉，跟妈妈告状了。”蕾娅说着把头埋进枕头里，脸上洋溢着微笑。经过了这么多天，她和哥哥终于和好了，心情也好多了。

当天晚上，小矮人从面包房搬到了厨房。厨房里有一个大大的旧炉子，炉子后面看起来也是不错的藏身处。他把所有的宝贝都留在面包房里，只带了枕头和羊毛毯过来。

地精警报

第二天一早，蕾娅醒来时深深吸了一口气。昨晚她和哥哥和好了，路易斯跟她道了歉。这么多天来，她第一次感觉到心情无比舒畅，而且期待已久的圣诞节马上就要到了。

一切又恢复正常了，路易斯的心情也很好。虽然他什么也没说，但是刷牙的时候却不自觉地哼着歌。

“我们上学前要不要去找一下佩特娜拉？”路易斯回到房间时说。

蕾娅穿好了衣服，点了点头。“当然好，如果地精躲到其他地方，我们就没办法跟佩特娜拉说了。”

“我来看看她起床了没。”路易斯从抽屉里拿出望远镜，往窗外望去。花园里还是黑漆漆的，不过佩特娜拉的苹果房子亮着微弱的光芒。

“她醒了，我们去找她吧！”路易斯说。

兄妹俩没吃早餐就直接套上靴子、穿上滑雪衣，踩着厚厚的积雪朝苹果房子走去。他们看见那根垂下来的绳子，松了一口气。随着苹果树上传来细微而清脆的铃声，魔法绳梯放下来了。两人飞快地顺着绳梯爬上去。

“看呀！”蕾娅兴奋地叫着。苹果房子门前的树枝上立着一棵迷你圣诞树，上面点缀着彩色的圆球。

门打开了，一个女巫站在门口打量着他们。

兄妹俩吓了一跳，不过很快就认出眼前的女巫正是玫莉娜。她没有穿昨天的短裤，也没有戴遮阳帽，看起来有点不一样。

“快看，两个真正的小孩来了！你们有什么事吗？”玫莉娜问。

“我们……我们来找佩特娜拉。”路易斯有点紧张。

“找佩特娜拉？不知道她起床了没。”玫莉娜话刚说完就被推到一边，佩特娜拉从门后走了出来。

“你们别听她乱讲！”佩特娜拉开心地说，“无论你们什么时候来，我都很开心。你们觉得我布置的圣诞树怎么样？”

孩子们松了一口气。“非常漂亮！”路易斯说，“再多一点树枝就更好了。”

“你们觉得有点单调是吗？”佩特娜拉皱着眉头问。

“一点也不会！”兄妹俩连忙安慰小女巫。

佩特娜拉笑着说：“那我就放心了。赶快进来吧，不要被冻成冰棍了。先进来再慢慢说你们为什么一大早就来找我。”

兄妹俩跟着佩特娜拉走进苹果房子。客厅已经布置得十分舒适，蕾娅悄悄环视四周，房子里还没有摆上圣诞节的装饰。

“早啊，孩子们！”薇玛和贝琳达愉快地跟兄妹俩打招呼。

“请转告你们的爸爸，他做的林兹蛋糕很好吃，我到现在都还没消化完呢。”薇玛微笑着说。

“因为你吃太多了。”路易斯小声说。

“奶油泡芙也很棒。”贝琳达看着兄妹俩说，“你们来这里有什么事吗？”

“我们只是想跟佩特娜拉说几句话。”蕾娅小心翼翼地回答。

佩特娜拉笑了笑说：“你们不用理她们，有什么事尽管说吧。”

兄妹俩互相看了一眼，然后路易斯开口了：“我们的面包房里来了一个地精。”

“什么？”四个女巫齐声说。

“小家伙，你知道你在说什么吗？”玫莉娜的声音有点激动。

路易斯点了点头。

“你怎么知道那是地精？”佩特娜拉问。

“是呀，也许只是一只松鼠，或是苹果树小人。”贝琳达说。

“不，肯定是一个地精。”

“地精？你说得倒是轻松。”薇玛沉着脸。

佩特娜拉说：“你们不要七嘴八舌的，先听孩子们说说到底发生了什么事！”

兄妹俩感激地看了佩特娜拉一眼，接着把地精捉弄他们，害两人互相怀疑的经过一五一十地讲了一遍。

佩特娜拉若有所思地点了点头。“这的确像是地精会做的事。”

“一定是！”贝琳达说。

最后，路易斯说自己被打了一记耳光，这下子女巫们就更确定是地精了。

“一记耳光！”玫莉娜大叫，“地精就喜欢做这种事！”

“他是什么时候住进磨坊的？”“躲在哪里？”“你们亲眼看见了吗？”女巫们扔出一大堆问题，孩子们看看这个，又看看那个，不知道该先回答谁才好。

“这个嘛……”路易斯深吸一口气，女巫们也屏住了呼吸。“我也不知道他是什么时候跑到磨坊来的，差不多是三天前吧。”

蕾娅点点头说：“我们在鸡舍里发现了三个被打碎的鸡蛋，娜芙蒂蒂和其他几只母鸡看起来很不安。”

“嗯，这就对了。”薇玛喃喃自语，“地精最喜欢吃鸡蛋。”

佩特娜拉专注地听着，同时揉了揉鼻子。

“他躲在哪里？”玫莉娜问。

“面包房的烤炉后面。”路易斯回答。

“那里确实是个不错的藏身之处。”薇玛皱着眉头说。

“他长什么样子？”贝琳达问。女巫们焦急地看着孩子们。

路易斯想了一会儿，耸耸肩说：“当时光线很暗，不过他好像穿了一件绿色的外套，还戴着一顶红帽子，个子非常矮小。”

女巫们一听，纷纷抓了抓头。

“有没有可能是红色外套和绿色帽子？”佩特娜拉问。

路易斯努力地回想，然后说：“有可能。不过光线很暗，而且事情发生得太突然了。”

女巫们陷入沉默，孩子们焦急地等待她们开口。

“姐妹们，你们觉得呢？”佩特娜拉问。玫莉娜叹了口气说：“其实我不想在圣诞节前做这种事，可是……”

“我们必须把地精赶走！”佩特娜拉接下去说。薇玛默默地点了点头。

佩特娜拉露出满意的微笑说：“我就知道你们靠得住。”

“要赶走地精是不是很难？”蕾娅好奇地问。

“没错，亲爱的。”薇玛低声说，“地精不是随随便便就能赶走的，必须设下特别的陷阱，布下特殊的诱饵，再加上特殊的咒语。”

兄妹俩对看一眼。“但你们还是会帮忙赶走他吧？”路易斯问，接着兴致勃勃地说，“也许我们可以帮忙。”

“地精不是小孩能抓到的！”佩特娜拉的口气很坚决。“你们今天不用上学吗？赶快回家吧。我要去找苹果树小人，他们一定能够帮得上忙。”

“我们是要去上学。”蕾娅点头说，“不过今天学校没什么课，明天下午我们要去集市广场表演耶稣诞生剧，所以今天要排练一整天。你们明天可以来看我们的表演。”

贝琳达兴奋地大叫：“哇，在集市广场上表演！”

“孩子们，我们一定到！”玫莉娜开心地答应。

“不过我们得先解决地精的问题。”佩特娜拉忧心忡忡地说，“否则就不能离开这里。”

神奇的抓捕笼

孩子们离开后，佩特娜拉跳到门前的树枝上吹了一声口哨。“卢休斯！”小女巫接着又喊了一声，“卢休斯！”

一阵低沉的嗡嗡声传来，鹿角甲虫嗖的一下从圣诞树旁掠过，落在满是积雪的树枝上。佩特娜拉被吓了一跳。

“只是差点碰到你，用不着这么大惊小怪吧。”卢休斯有点抱歉地说，“出了什么事吗？”

佩特娜拉深吸一口气说：“面包房来了一个地精。”

“地精？”卢休斯惊讶地问，“他对孩子们做了什么吗？”

“做了一些恶作剧，所以我们得尽快赶走他，不然圣诞节都没办法安心过了。”

卢休斯点点头。“我可以再演一次雾中出没的怪兽吓跑他。”

佩特娜拉摇了摇头。“这样赶不走他，我们得设个陷阱才行。你能帮我转告苹果树小人吗？半个小时后在苹果房子里碰头。我想听听他们有什么主意，没人比他们更懂得怎么设陷阱抓地精了。”

“我现在就去！”卢休斯说着，头朝下地从树枝上飞了出去。

“这下子好啦！”贝琳达心事重重地在客厅里踱步。

“我还想过个安静的圣诞节呢，没想到会遇上这种事。”薇玛抱怨着说。

“我用一根手指头就能解决地精。”玫莉娜一边说一边扭动手指，从指尖发出吱吱吱的放电声。

佩特娜拉往扶手椅上一坐。“我也没想到会这样，可是我们一定要赶走地精才行。”

就在这时，苹果房子的大门被推开，卢休斯带着五个苹果树小人走了进来。

“噢，这真是糟透了！”黄瓜帽子大叫，“老磨坊里来了个地精？这可不是开玩笑的，我听说过地精捉弄苹果树小人的事。”

“用烟把他熏出来，再扔到外面去！”芦笋牙齿激动地说。

“或是在他屁股下面放个爆竹。”甜菜小溪建议。

佩特娜拉抬起双手请大家先听她说。“这些主意都不错，只是对付不了地精。再说，磨坊里还有其他人呢！

我们总不能让库恩布兰特一家受伤吧？”

苹果树小人失望地看着彼此。“那你打算怎么赶走他呢？”

“很简单，做一个陷阱！”佩特娜拉回答。

“抓地精的陷阱怎么做？”黄瓜帽子问。

“对呀，怎么做？”其他几个苹果树小人也跟着问。

“你们不知道吗？”佩特娜拉很惊讶，“我还以为你们很擅长呢。”

苹果树小人全都摇了摇头。“我们知道怎么抓甲虫，但是地精的话嘛……”黄瓜帽子一边说，一边抓着头。

“好吧。”佩特娜拉说，“那得想想其他办法了，但愿我能想得出来。”

“我在《女巫手册》里看过对付地精的办法。”薇玛说。

“你会看《女巫手册》？”贝琳达感到有点意外。

“只是装模作样吧！”玫莉娜哼了一声。

“别吵了！”佩特娜拉大喊一声，然后对薇玛说，“你带《女巫手册》了吗？”

“当然带了。”薇玛得意地回答，“不过我把书放在箱子里，在拖车那里。”

贝琳达和玫莉娜偷偷做了个鬼脸，但薇玛没理她们，她打开窗户，向外面吹了一声口哨。很快地，空中传来一阵沙沙作响的声音，《女巫手册》从窗户飘进屋内，缓缓地落在桌上。

“干得好，薇玛！”佩特娜拉说，“赶快找抓地精的办法。”

大家挤在桌子的周围。薇玛翻来翻去，终于翻到了那一页。

“要做抓捕地精的陷阱，必须用六种神奇的树木，枫树、椴树、柳树、山毛榉、桂松和龙血树……”薇玛大声念出需要的材料。

佩特娜拉愣了一下问：“龙血树是什么？”

所有人都被问得呆住了，只有黄瓜帽子发出了笑声。

“龙血树可以活上好几千年不死，以前的人会用它来抵御恶龙和其他怪物。”

“有你在太好了，我的小黄瓜帽子。”佩特娜拉笑着说，她轻轻推了薇玛一下。“继续念吧。”

“用这些树的树枝编一个笼子，在上面撒上小仙女魔法粉，里面再放一块红宝石，接着念出咒语：‘左一下，右一下，兹比利，卒比利，陷阱合起来，抓住地精，全家都安宁。管他又气又害怕，但休想逃得掉！’”

薇玛合上书后抬头看着大家。“怎么样？办得到

吗？”所有人都点了点头，大声回答：“没问题！”

知道对付地精的方法后，苹果树小人一个个都摩拳擦掌。

黄瓜帽子开始分派任务。“芦笋牙齿、甜菜小溪和豇豆脖子去找树枝。胡萝卜衬衫和我负责编笼子。”

佩特娜拉点点头说：“我的百宝箱里有红宝石，等陷阱做好，大家到这里集合。”

圣诞小矮人不知道外面发生了什么事。他正坐在炉子后面，为了被迫离开面包房里舒适的小窝在生闷气。

“可恶的坏孩子，”他碎碎念着，“多管闲事！”小矮人在心里抱怨路易斯和蕾娅，要不是他们拿手电筒照来照去，他也用不着更换藏身地点了。

虽然厨房也不错，但这里的环境比起面包房差多了。面包房里不但随时能吃到各种新鲜的面包和甜点，而且安静多了。

小矮人刚准备起身，就听见库恩布兰特太太的说话声。

“保罗！”库恩布兰特太太喊着，“你看到那个大面包篮了吗？怪了，昨天还在这里的！”

“我没看到。”库恩布兰特先生朝厨房门口看了看，“你进孩子们的房间找过吗？上次面包篮不见，就是被他们拿去当复活节的装饰了。”

你们慢慢找吧，睡在面包篮里比睡在烤模里舒服多了！尼瑟幸灾乐祸地想。他想趁库恩布兰特夫妇离开时出门走走，不过在出门前，他塞上了水槽的塞子，然后打开了水龙头。还没走到鸡舍，他就听见库恩布兰特先生大叫。“天哪，水都满出来啦！快拿抹布来，你忘记关水龙头啦。”

小矮人发出一阵嘎嘎的笑声，顺手捡起一块小石子扔向鸡舍，鸡舍里随即响起一阵不安的咯咯声。

等待猎物落网

苹果树小人们忙碌了一整天，晚上在苹果房子里会合。

芦笋牙齿、甜菜小溪和豇豆脖子找来了六种神奇树木的树枝，黄瓜帽子和胡萝卜衬衫用这些树枝编了一个捕地精的笼子。

他们把笼子搬上桌子，放在女巫们的面前。

“看起来像个鸟笼。”薇玛说。

“我觉得像蜂窝。”玫莉娜说。

“咳咳！”黄瓜帽子清了清喉咙，大家立刻安静下来。“《女巫手册》上面说，捕地精的陷阱看起来就像个蜂窝，用法和捕鼠器一样。”黄瓜帽子解释，“把诱饵放在中间，只要地精一进去，笼子就会咔嗒一声关上。”

“这真的有用吗？”贝琳达半信半疑。

“明天早上就知道了。”佩特娜拉说，“至少这个笼子看起来跟手册里的一模一样。”

“这可是两个苹果树小人亲手做出来的！”黄瓜帽子自豪地说。

“现在只缺诱饵啦！”佩特娜拉飞快地跑进卧室，

从床底下拉出百宝箱。箱子里除了浓雾幽灵、小爆竹和橡胶蜘蛛，还有七颗像鸽子蛋那么大的红宝石。佩特娜拉把最漂亮的那颗宝石拿出来，放进笼子里。

“我没见过有哪个地精能抵挡这颗红宝石的诱惑。”小女巫喃喃地说。

天一黑，佩特娜拉和黄瓜帽子拿着笼子从苹果树上下去，来到花园里。他们悄悄溜到蕾娅和路易斯的房间外，朝窗户里偷看。

兄妹俩正在背台词，听到有人敲打窗户的声音，立刻跑到窗边，紧张地望着黑漆漆的花园。这时，佩特娜拉从窗外探出头来，兄妹俩吓了一跳，连忙打开窗户。

“佩特娜拉，你怎么在这里？”蕾娅惊讶地问。

“你要进来吗？”路易斯问。

小女巫摇了摇头。“不用了，不过我需要你们的帮助。”

“好呀，你要我们做什么？”蕾娅问。

“苹果树小人做了一个捕地精的陷阱，等你们的爸爸离开面包房，你们就拿进屋里找个地方放。现在可以出来一下吗？我想讨论一下该怎么做。”

“我们马上出去！”兄妹俩奔出房间，来到花园里。

“这个就是陷阱！”佩特娜拉指着笼子说，“把它放到面包房的角落，你们办得到吗？”

路易斯做了个鬼脸说：“没问题，我们又不是三岁小孩。”

“说得好。”佩特娜拉说，“其他事情就交给我们，你们把笼子放好就行了。接下来，我们会在旁边监视。”

“抓到地精后，你们打算怎么处理？”

“我们会把他连笼子一起搬到很远的地方。”黄瓜帽子说，“好了，你们试试看搬不搬得动。”

兄妹俩一人托住一边，把笼子抬了起来。树枝编成的笼子并不像看起来的那么重。

“最好从我们房间的窗户推进去，这样就不需要穿过整间屋子了。”蕾娅说。

“真聪明！”佩特娜拉和兄妹俩一起把笼子推进房间。

“你们把笼子放进面包房后，我们会轮班看守。”佩特娜拉说完后，和孩子们挥手道别，然后和黄瓜帽子一起穿过花园回到苹果树上。

蕾娅和路易斯巴不得爸爸赶紧结束工作。他们不时地经过面包房，悄悄查看里面的情况。等他们第七次从面包房前走过时，爸爸还没有打算收工，路易斯终于忍不住问：“爸爸，你知道工作太久对身体不好吗？”

“无聊的工作才对身体有害，我喜欢跟面团打交道。”爸爸大笑着说，一边用灵巧的手指捏了好几个椒盐卷饼。

路易斯垂头丧气地走回房间。

“爸爸什么时候才会做完啊？”蕾娅问。

“等他觉得无聊的时候吧。”路易斯生气地回答。

“等到那时候我早就睡着了。”蕾娅叹了口气。

兄妹俩没有别的办法，只能继续等待。

终于，库恩布兰特先生做好了椒盐卷饼。他把托盘清洗干净，收拾好面包房，然后关了灯。

兄妹俩立刻跑到门边，探头查看过道。外面寂静无声，他们小心翼翼地把笼子搬进了面包房。

“我们把笼子推到那个角落吧，这样才不容易被人发现。”路易斯说。

“希望地精会看到。”

“一定会的。我们快走吧，免得被爸妈发现。”

兄妹俩四处张望，然后迅速地跑回房间。他们的任务完成了，剩下的就看佩特娜拉了。

此时此刻，小矮人正躲在面包房的一个架子上，把一切都看得清清楚楚。孩子们一走，他就从藏身处走了出来，蹑手蹑脚地走近小女巫布下的陷阱。他不禁扬起嘴角，打从心里赞叹眼前的东西，这个陷阱简直就是个杰作！“用六种神奇树木的树枝编成的笼子，里面还放了一颗红宝石。”尼瑟自言自语，“用来抓地精再完美不过了。”可惜他是一个圣诞小矮人！尼瑟忍不住发出嘎嘎的笑声。“真是两个笨蛋，居然想用这种陷阱来抓圣诞小矮人！”但是过了一会儿，他又开始不安地抓了

抓头。这样的陷阱不可能是那两个孩子做的，那么一定有懂魔法的人在帮忙，他得找出幕后的魔法师才行。这时，窗外传来了说话的声音。

“再用点力，黄瓜帽子，我爬不上去！”佩特娜拉生气地说。她变回了小女巫的大小，正费力地试着从窗户爬进面包房。苹果树小人们叹了一口气，他们一个叠一个，搭出一架梯子，但还是没办法把小女巫推到窗台上。

佩特娜拉只好手脚并用地往上爬，累得满脸涨红才终于爬上窗台。她立刻从袖子里抽出魔杖，在玻璃窗上轻轻地敲了三下，窗户瞬间打开了。

“我进去找个地方躲起来。”她轻声对苹果树小人说，“你们回家吧，贝琳达等一下会来换班。”

苹果树小人们点了点头。就在佩特娜拉把头探进窗内的那一刻，小矮人一溜烟地从面包房逃出去了。他总算明白了，原来计划用陷阱抓住他的是苹果树女巫和一

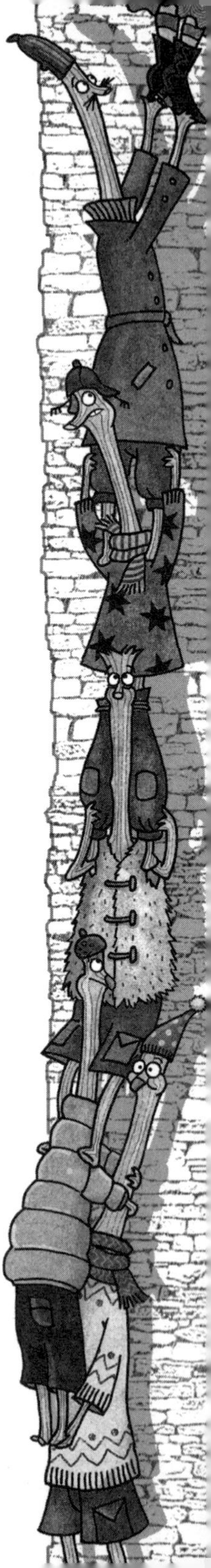

群苹果树小人。

“想得美！”小矮人不怀好意地笑了起来，“看我怎么捉弄你们。”

佩特娜拉躲在屋梁上，等了老半天却一点动静也没有。这天晚上非常平静，贝琳达和黄瓜帽子也没有收获。他们三个人轮流守夜，可是地精就是不肯现身。

第二天一早，蕾娅和路易斯着急地跑到面包房，却发现陷阱里空空如也，两人都失望极了。

“喂！”一个小小的声音从他们头顶上方传来，兄妹俩惊讶地四处张望。“我在上面！”小小的声音说。抬头一看，原来是甜菜小溪。他正闲坐在屋梁上，等待那个不肯现身的地精。“你们快走吧！”甜菜小溪小声说，“否则地精看到你们就会跑走了。”

“可是我爸爸马上就要进来工作了，地精一定不敢出来。”路易斯说。

蕾娅在一旁点头附和。“你其实可以回家了。”

甜菜小溪不理会他们的建议。“我们的任务是二十四小时、全天候的监视。等一下豇豆脖子来换班，我就可以回家睡觉啦。”

孩子们向甜菜小溪挥挥手，离开了面包房。他们今天要去上学，下午还要表演耶稣诞生剧，兴奋得几乎把地精的事抛在了脑后。

红宝石被调包了

“太奇怪了。”佩特娜拉不甘心地说。她跟姐妹们坐在苹果房子的客厅里，正在用金色的海盗望远镜观察面包房。“真搞不懂地精怎么还没掉进陷阱里！”

“也许是被他发现了，不然就是孩子们弄错了。”贝琳达说。

佩特娜拉摇摇头说：“路易斯看见他了，还被打了一记耳光，这件事千真万确。”

“希望芦笋牙齿的运气好一点，今天下午换他值班。”薇玛说。

佩特娜拉点点头。“黄瓜帽子安排得很好，上次芦笋牙齿值夜班的时候睡着了，把他排在下午就不会有这种问题。”

佩特娜拉说得没错，这次芦笋牙齿的确没有睡着，但是却发生了别的事。

库恩布兰特一家都要去看下午的耶稣诞生剧。午餐过后，库恩布兰特先生开始清洗盘子、收拾面包房，蕾娅和路易斯也换上了演出的服装。芦笋牙齿躲在面包房的屋梁上，心情愉悦地看着这一家人，满心盼望等他们一走，地精就会从躲藏的地方现身。

圣诞小矮人得意地笑了。此时的他就坐在窗户外面，把屋梁上芦笋牙齿的一举一动看得清清楚楚。尼瑟心里想着：哼，你这个瘦巴巴的苹果树小人竟然想抓我，马上就让你知道圣诞小矮人的厉害。

打定主意后，尼瑟从窗台上一跃而下。他把头上的小矮人帽藏在大柳树的后面，却又故意露出帽子的尖角。“好极了。”他喃喃自语。红色的帽子在雪地里非常显眼，谁都不会错过。接着他从口袋里掏出一块小石头，扔向面包房的窗户，然后立刻躲起来。

芦笋牙齿一听到声响，赶紧从屋梁上下来，到窗户边看看外面有什么动静。

“咦？大柳树后面红色尖尖的东西，是一顶帽子吗？”芦笋牙齿揉了揉眼睛，随后得意地笑了起来，“等着瞧吧。”他轻声说着，从窗户爬了出去。

一切正如尼瑟计划的一样。芦笋牙齿刚跳出窗户，他就爬进面包房。尼瑟用一根汤勺撑住陷阱的门，伸手拿走红宝石，又放了一个鸡蛋进去，然后躲到一袋面粉后面，等着芦笋牙齿回来。

不到两秒钟的时间，芦笋牙齿就绷着脸回来了。他

一边责怪自己居然为了一顶破帽子离开岗位，一边查看放在角落的陷阱，立刻吓得打了个冷战。

“完了！”芦笋牙齿难过得大叫。陷阱里的红宝石变成了一个鸡蛋。这怎么可能呢！他明明只离开了一下子。

芦笋牙齿小心翼翼地把头伸进笼子查看，不料却突然被狠狠地推了一把。笼子的门瞬间关起来，芦笋牙齿被关在里面了！笼子外头传来一阵幸灾乐祸的笑声。芦笋牙齿气得抓住笼子上的枝条前后摇晃。

这时，过道上传来蕾娅的说话声。“爸爸，快点，托勒老师说我们要提前半小时到。”

“我好了！”库恩布兰特先生说，“等我把‘今天暂停营业’的牌子挂到门口就没事了。你带照相机了吗，亲爱的？”

“带了！”库恩布兰特太太点点头，“快点，演出是不等人的。”

“迟到的话就惨了，”路易斯说，“蕾娅演的是主角玛利亚呢。”

库恩布兰特一家人出门后，整间屋子安静下来。小矮人看着笼子里的芦笋牙齿，幸灾乐祸地问：“小棍子，被关在里面的感觉怎么样啊？”

芦笋牙齿气得咬牙切齿。他看不见外面，但感觉说话的家伙不是什么好东西。

“我很想留在这里陪你，”小矮人继续挖苦芦笋牙齿，“可惜我得去参加耶稣诞生剧的演出。如果我不上台，这出戏就演不下去了。”

“你敢！”芦笋牙齿恶狠狠地威胁他，“佩特娜拉要是抓到你，一定会把你做成地精肉酱！”

“想得美！”小矮人得意地笑着跑出去。

小矮人一走，整个面包房陷入一片寂静，只听见外面过道上的时钟发出嘀嗒嘀嗒的声音。芦笋牙齿一次又一次地抓住枝条用力摇晃，但是却无济于事。他轻声叹了一口气，懊恼自己竟然掉进了抓捕地精的陷阱，现在只能等待换班的人来救他了。

芦笋牙齿越想越气，而且感到十分羞愧。他气自己怎么会这么轻易就被人戏弄了。

他还在坐着生闷气的时候，胡萝卜衬衫已经走进来准备换班了。他一看到芦笋牙齿不在岗位上，就感觉到情况不妙。“芦笋牙齿！”胡萝卜衬衫大叫。

“我在这里。”陷阱里传来芦笋牙齿悲惨的求救声。

胡萝卜衬衫连忙跑过去打开笼子。“天哪，你没事吧？”胡萝卜衬衫惊讶地问。

“别管我了，”芦笋牙齿说，“赶紧通知佩特娜拉！”

在前往苹果房子的路上，芦笋牙齿跟胡萝卜衬衫说明了事情的经过。

舞台上的意外惊吓

两个苹果树小人用最快的速度穿过花园，此时佩特娜拉也正好从窗户往外看。

“芦笋牙齿和胡萝卜衬衫回来啦！”小女巫兴奋地喊着，“他们一定是抓到了地精！”

一会儿后，大门被推开了，两个苹果树小人喘着气冲进屋子，女巫们高兴得鼓掌欢呼起来。

芦笋牙齿努力想让她们安静下来。“停！别鼓掌啦！”他大喊，“停下，停下！”最后他大吼一声，女巫们才安静下来。

接着，芦笋牙齿把整件事的经过说了一遍。

女巫们先是沉默片刻，紧接着像连珠炮一样说个不停。“你这么容易就被人骗进陷阱里？”玫莉娜气呼呼地大叫。“你怎么会……”“你难道就不能……”“我们现在怎么办？”顿时，上百个问题在屋子里轰轰作响，佩特娜拉不得不用力敲了一下魔杖，才让大家都闭上嘴巴。

“你干吗呀？吓我一跳！”薇玛埋怨地说。

佩特娜拉没理她。“我们得赶快去演出的广场，谁知道那个可恶的地精会惹出什么麻烦？”佩特娜拉说。

“去圣诞集市，太棒了！”贝琳达高声欢呼，接着马上又安静下来。她注意到所有人都狠狠地瞪着她。

“准备起飞，姐妹们！”佩特娜拉下达指令，“我们得让地精看看跟女巫作对是什么下场！”

女巫们刚准备冲出大门，卢休斯就拦住了她们。“你们的女巫帽要留在家里吧？”

“对！当然！”佩特娜拉回答，“大家听到了吗？”

女巫们赶紧把女巫帽换成毛线帽，接着跳到房子门前的粗树枝上，吹响口哨呼唤自己的扫帚。“预备，向天空出发！”女巫们高喊一声，随后轮流飞向天空。

这次她们没有停在城外，而是直接降落在教堂的墙外，走几步路就能到达集市广场。广场洋溢着热闹的节日气氛，演出已经开始了。佩特娜拉和姐妹们穿过人群挤到第三排，伸长脖子望向舞台。舞台设计得十分逼真，右边是一个有顶棚的马厩，马厩里摆了一个马槽、一头小驴子和一头长得有点像犀牛的公牛。所有道具都是用三合板搭出来的。玫莉娜伸手摸了摸她的魔杖，那头公牛忽然开始用前脚刨地，吓得佩特娜拉赶紧夺过玫莉娜的魔杖，严肃地对她摇摇头。

幸好没有人注意到，此刻所有的人都在看着牧羊人，就连贝琳达和薇玛也被台上的表演吸引了。安卡特琳扮演金光闪闪的圣诞小天使，她张开双臂站在牧羊人面前，向他们传达一个天大的喜讯。“你们的救世主，耶稣基督今日降生了！”安卡特琳大声说，“如果你们不知道哪个小孩是他，只要找到那个包着布、躺在马槽里的婴儿就是了！”

长号乐队开始吹奏《伯利恒之星》。牧羊人发出一阵欢呼，接着立刻动身出发了。佩特娜拉很快就认出了路易斯，她会心一笑。不过到处都见不到地精的踪影。

“让我们赶往伯利恒吧，照天使说的去找吧！”牧羊人一边大喊，一边在舞台上绕了三圈。接着玛利亚和约瑟站在马厩前，欢迎牧羊人的到来。蕾娅扮演的玛利亚美丽动人。按照剧本的安排，原本这时约瑟应该要用双手环抱玛利亚，两人一同等待牧羊人的到来，可是蕾娅和奥拉夫都不想这么做。托勒老师站在台下不断地用手势暗示，要他们两人按剧本演。

“我们按照天使的指示来看那个婴儿。”牧羊人说。

“好的，请进来吧！”约瑟点点头说。

“我的孩子包着布躺在马槽里！”玛利亚说着，把牧羊人领进马厩。长号乐队开始演奏《基督圣婴降临》。牧羊人、玛利亚和约瑟都弯下腰往马槽里看。就在这

时，砰的一声，马槽里突然蹦出一个圣诞小矮人，兴奋地手舞足蹈。他在马槽里躲了好久，为的就是等待这一刻！

“啊！”“妈妈！”“救命啊！”“哎哟！”孩子们大叫起来，蕾娅吓得往后退，一屁股跌坐在干草堆上。

所有的观众都被吓了一跳。“刚才冒出来的东西是什么？”他们满脸疑惑，互相询问身边的人。“是一只野猫！”一位库莫林面包房的店员大叫。“我觉得是一只浣熊！”有个男人说。

“你们没事吧？”库恩布兰特先生急忙跳上舞台，冲到孩子们面前。

“没事，爸爸。”路易斯回答。兄妹俩互看对方一眼，他们很清楚从马槽里跳出来的是谁。

佩特娜拉和她的姐妹们也知道得一清二楚。她们悄悄离开人群，回到藏扫帚的地方。

集市广场上的演出并没有因为这个小插曲而中断。“从高高的天上降临凡间……”长号乐队吹奏起音乐，孩子们立刻想起了他们的台词。这时女巫们已经跨上扫帚，飞回苹果房子准备商量大事。

“怎么样？抓到那家伙了吗？”她们一进门，卢休斯就上前追问。

女巫们一个个摇着头走进客厅。“没有，”佩特娜拉说，“不过我们知道为什么陷阱没用了。”

“为什么？”在房子里等候的苹果树小人们着急地问。

“很简单，我们的陷阱是用来抓地精的，对圣诞小矮人没用。”佩特娜拉回答。

“那个捣蛋鬼是圣诞小矮人？”黄瓜帽子十分惊讶。

“正是如此。”佩特娜拉懊恼地点点头，“我亲眼看到了，就算我们做一百个这样的陷阱，也抓不到圣诞小矮人。”

芦笋牙齿终于松了一口气。他一直为自己的疏忽感到自责。既然他们的陷阱无论如何都抓不住圣诞小矮人，那就不是他的错了。

佩特娜拉皱着眉头不停地思考。“我们必须把小矮人弄来这里，让他说清楚为什么待在面包房里，还有为什么要捉弄孩子们。”

小女巫的姐妹们点头同意。“还要把他的鼻子捏歪作为惩罚，然后在他身上变出一条猪尾巴。”玫莉娜兴奋地建议。

“我们得先把他召唤过来。”佩特娜拉说，“你们知道召唤圣诞小矮人的咒语吗？”

天气女巫们摇了摇头。“要不要去翻翻《女巫手册》？”薇玛说。

“好主意！”佩特娜拉一把抓起《女巫手册》，在桌上摊开。

“有了，在这里！”她开心地大喊，“第498页的章节有写怎么召唤圣诞小矮人。”

“快读给我们听！”黄瓜帽子催促她。其他人都竖起了耳朵。

“想召唤圣诞小矮人，需要一大把完美的冬日香料，包括茴香、槲寄生的果实、小豆蔻、野生胡萝卜、肉桂、丁香和圣诞玫瑰花。”说完，佩特娜拉抬起头来。

“这些东西你这里都有吗？”玫莉娜问。

佩特娜拉摇摇头。“少了圣诞玫瑰花。”

女巫们顿时垂头丧气。这时黄瓜帽子想到了一个主意。“我知道森林里什么地方会有。”他说，“今天已经太晚了，如果卢休斯明天一早送我过去，我就能找到圣诞玫瑰花。”

“太好了！”佩特娜拉说，“再过几个小时，我们就能练成召唤小矮人的魔法了！”

惊恐的夜晚

虽然出了一点意外，但演出仍然十分成功。谢幕的时候，孩子们连续出场五次，向热情的观众鞠躬致意，他们还获得了一个大大的奖励，每个人可以在集市上挑选一棵圣诞树。

库恩布兰特一家把圣诞树固定在车顶上，高高兴兴地开车回家。兄妹俩哼着歌，完全沉浸在演出成功的喜悦中，几乎忘了地精的事。

“真是个愉快的下午！”妈妈兴奋地说，“雪花已经飘下来了，我们去了圣诞集市，而且……”

“而且我们的孩子要去当明星了！”爸爸说。

蕾娅和路易斯在一旁呵呵笑。“你们真的喜欢吗？”蕾娅问。她为哥哥和自己感到骄傲，还有好友安卡特琳，她在整场表演中一句台词也没说错。

“你们两个都棒极了！”爸爸肯定地说。“那只猫从马槽里跳出来的时候，你们一点也没有慌乱。”妈妈称赞兄妹俩。

到家后，蕾娅和路易斯跑去鸡舍，想看看母鸡是否安全。兄妹俩飞奔着绕过屋子的转角，突然停下了脚步。

佩特娜拉正坐在鸡舍的屋顶上等着他们。“晚安，小家伙们！”她说，“你们的演出太棒了！”

“你去看了吗？”蕾娅和路易斯异口同声地问。

“当然！”佩特娜拉眨了眨眼，“我们坐在很靠前的位子呢。”

蕾娅皱了皱眉头说：“那你们应该也看到地精从马槽里跳出来吓人了吧？”

“当然啦，”佩特娜拉点点头，“我就是为这件事来的。你们说的地精，其实是个圣诞小矮人。”

“什么？圣诞小矮人？”蕾娅叫了一声，“圣诞小矮人不是应该勤劳又可爱吗？”

“才不是呢。”路易斯闷闷不乐地说，“我也觉得很奇怪，怎么这么久都抓不到他。”

“真是抱歉。”佩特娜拉叹了一口气，“用那个陷阱去抓圣诞小矮人，就跟竹篮子打水一样。不过我们现在知道情况了，我保证最晚到明天早上，这件事就可以了结。”说着，佩特娜拉从鸡舍屋顶滑了下来。

“抓到他以后，你会来告诉我们吧？”路易斯问。

“一定。”佩特娜拉点点头，“我该走了，我还要给圣诞灯光秀找几只萤火虫来！冬天可不容易找到。”她朝孩子们挥挥手，转眼消失在苹果树后头。

“你能想象圣诞小矮人竟然会偷吃别人的巧克力，还动不动就打人耳光吗？”蕾娅生气地说。

“完全没想到。”路易斯说，“根本不会有人想得到！”

深夜时分，等圣诞小矮人回到厨房时，磨坊屋子已经熄了灯，四周一片寂静。他特地在餐厅留了一扇小窗，这样就能随时爬进来，不用像上次那样被关在外面挨饿受冻。

圣诞演出结束后，尼瑟在教堂屋顶上的风信鸡旁坐了很久，眺望天上的星星。他的心情非常低落，孤零零的，有一种被人抛弃的感觉。就算从马槽里跳出来吓了孩子们一跳，也没办法让他高兴起来。这是他第一次对恶作剧感到良心不安。圣诞老人要他好好反省自己的所作所为，现在他觉得圣诞老人说得可能没错。小矮人深深地叹了一口气。是的，也许真该反省一下。不过在反省之前，他打算先去面包房拿一块姜饼，毕竟填饱肚子以后才能好好反省。

小矮人蹦蹦跳跳地穿过黑漆漆的过道来到面包房，却发现里面还亮着灯。

库恩布兰特为了做甜点都不用休息吗？小矮人不高

兴地想着，停下脚步偷偷往里头看。奇怪的是，面包房里有东西正在噼啪作响。尼瑟飞快地冲了进去，立刻被眼前的景象吓呆了。

“天啊，不得了啦！”他大叫起来。窗台上的圣诞花环着火了，猛烈地燃烧起来。窗台上的蜡烛已经烧到融化，火势迅速蔓延，还点燃了窗帘。

尼瑟转身跑向孩子们的房间，奋力跳上路易斯的床，整个人坐到他的肚子上。“着火了！着火了！”尼瑟一边大叫，一边拼命摇晃路易斯，“快醒醒！着火了！”

兄妹俩顿时惊醒了。他们瞪大眼睛看着眼前的小矮人，听着他的叫喊，立刻从床上爬起来。他们刚到过道就遇到同样被叫声惊醒的爸爸妈妈。库恩布兰特先生冲进面包房，一把扯下窗帘，再拿起灭火器，趁火势还没蔓延开来，及时把火扑灭了。

一家人灰头土脸地看着彼此，心情还没平复下来。

“怎么会发生这种事？”库恩布兰特太太惊魂未定地说。

这时，三双充满疑问的眼睛同时看向库恩布兰特先生。

“大……大概是出门的时候，我忘记把蜡烛吹熄了。”库恩布兰特先生说。

库恩布兰特太太打开窗户通风，检查烧焦的情况。“还好烧得不严重，窗帘可以换上新的。”她又指着烧得焦黑的姜饼说，“饼干也可以再烤，幸好没有人受伤。”

库恩布兰特先生内疚地点点头，他看了一眼大家，然后问：“是谁发现着火的？”

“我。”蕾娅和路易斯同时回答。

库恩布兰特夫妇看着两个孩子，脸上露出了笑容。“幸好你们喊得很大声。”妈妈说，“不然不知道会烧成什么样子呢。”

一家人开始整理屋子，把烧焦的圣诞花环扔到雪地里。打扫完后，蕾娅和路易斯回到房间，意外地发现小矮人竟然还待在那里。他坐在窗台上，望着窗外发呆。

兄妹俩爬上床，钻进被子里。“真的很谢谢你！”蕾娅看着小矮人，心里有许多疑问。

小矮人转过头小声地回答：“这是我应该做的。”

接下来，三个人静静地没有说话，最后小矮人叹了一口气说：“我不应该捉弄你们的，那不是圣诞小矮人该有的行为。”

“说得太对了。”路易斯气愤地说。

“我就是个捣蛋鬼，没有用又讨人厌的家伙。”小矮人难过地说，“圣诞老人把我从雪橇上赶下来的时候，说得一点都没错。”

“你认识圣诞老人？”蕾娅惊讶地问。

“当然，我是圣诞小矮人呀！”

“圣诞老人长什么样子？”路易斯很好奇。

小矮人微笑着从窗台上跳了下来。“他长得跟你们想象中的一模一样。”小矮人神秘兮兮地说，接着蹦蹦跳跳地跑出了房间。

“真是太不可思议了！”路易斯喃喃自语。

“什么？”蕾娅问。

“我是说，谁想得到我们竟然会遇上圣诞小矮人，而且还会跟他说话。你觉得他会在圣诞老人面前帮我说几句好话，让我收到一个新的游戏机吗？”

“不太可能。”蕾娅说，“别忘了，他是被圣诞老人从雪橇上赶下来的。”

召唤圣诞小矮人

第二天，蕾娅和路易斯一起床就往佩特娜拉的苹果房子跑，鞋子踩在雪地上发出嘎吱嘎吱的响声。他们到达的时候，神奇的魔法绳梯早就从苹果房子上垂下来了，兄妹俩飞快地沿着梯子爬上去。

“嗨，孩子们，等等我们！”佩特娜拉的姐妹们正巧从拖车里走出来。三位女巫跟在蕾娅和路易斯后面，费力地爬上去。

“我的天啊！你们怎么起得这么早！”爬到最高的树枝时，薇玛对兄妹俩说。

“是呀。”蕾娅回答，“因为我们有很重要的事情要跟你们说。”

这句话立刻引起女巫们的好奇心。蕾娅正准备敲门时，卢休斯和黄瓜帽子碰巧走了出来。“早安！再见！”卢休斯说，“我们马上就回来，你们先进去吧，佩特娜拉在厨房里。”

这时，佩特娜拉正站在餐桌前，研究召唤小矮人的魔法配方。“哎呀，你们怎么都挤到厨房来了？”她笑眯眯地看着大家。

“贝琳达说她睡不着。”薇玛解释。

“我们有重要的事情要告诉你。”路易斯说。

佩特娜拉立刻转头看着路易斯说：“快说吧！”

“我们家昨天晚上着火了！”蕾娅说。

“是圣诞小矮人救了我们！”路易斯接着说。

“什么？”“怎么会这样？”“你们家着火了？”女巫们都吓了一跳。

“圣诞小矮人救了你们？”玫莉娜不敢相信地说。

孩子们点点头，把昨晚发生的事情一五一十地告诉了大家。

“我就知道。”佩特娜拉松了一口气，“圣诞小矮人绝对不可能坏到哪里去。他们也许偶尔会调皮捣蛋，不过很快就会良心发现了。”

“毕竟是圣诞小矮人啊。”贝琳达赞同佩特娜拉的看法。

门口传来沉重的脚步声，卢休斯和黄瓜帽子回来了。“这是召唤圣诞小矮人魔法的最后一个材料。”黄瓜帽子得意地说着，把一朵白色的圣诞玫瑰花放在桌上。

“你们的动作真快！”佩特娜拉说，然后把最新的消息告诉他们。

黄瓜帽子一边点头，一边对着冰冷的手掌哈气。

“我也觉得圣诞小矮人的心地不会那么坏。”

佩特娜拉看了一眼魔法材料说：“现在所有材料都找齐了，终于可以召唤圣诞小矮人了。”

“没错。等一下还可以问问他，为什么会被圣诞老人赶出来。”薇玛说。

这时，蕾娅和路易斯对看了一眼，他们不敢出声，担心会在女巫们施魔法之前被赶回家。

幸好几位女巫忙着按照《女巫手册》上的说明整理桌上的材料，谁也没有注意到他们。接着，佩特娜拉抽出魔杖，口中念念有词：

端上魔法材料，

小矮人胡子，小矮人尖帽，

魔法清单，猫头鹰啼叫，

圣诞小矮人下一秒就现身！

一阵噼里啪啦的声响过后，餐桌上升起一团团绿色的烟雾。四位女巫深吸一口气，接着把弥漫的烟雾吹散。这时，眼前的餐桌上出现了一位圣诞小矮人，睡眼惺忪地坐在桌子的正中央。他的下半身穿着紧身裤，上半身只穿了内衣，看起来一脸无辜的模样。

“这是怎么一回事？”小矮人提出抗议，“你们难道不知道，每到十二月严格禁止用魔法强行召唤圣诞小矮人吗？”

“是吗？”佩特娜拉接着说，“打人耳光和恶作剧也是严格禁止的吧？”

小矮人的脸立刻红了。“那个嘛……好吧，对不起，我原本也不想那样……”他停了一下继续说，“好了好了，我承认是我不对，我当时只是想给你们制造点麻烦。我被圣诞老人扔到花园后，觉得很生气，所以想让你们也跟着受苦。”尼瑟愧疚地说，“对不起，真的很对不起。我是个糟糕透顶的圣诞小矮人，你们把话说完以后，我就会离开这里，搬到别的地方。”

“你不回家吗？”蕾娅有点同情他的遭遇。

小矮人摇摇头。“我不回去了。圣诞老人应该找个心地善良的小矮人，我对不起你们……呃，出去的门在哪里？”

“别急！”佩特娜拉拦住他，“这种天气，你打算去哪里？”

尼瑟耸了耸肩膀说：“走到哪算哪。”

“你没看见外面的雪积得有多厚吗？差不多到你肩膀的高度呢。”路易斯说。

小矮人点了点头。这时兄妹俩对看了一眼。

“如果你保证不再恶作剧，可以在我们的面包房待到冬天结束。”蕾娅提议，“无论如何，谢谢你昨晚救了我们的命。”

“没什么，不用谢。”小矮人谦虚地说。

蕾娅和路易斯可不这么想。“你是真正的英雄！”路易斯大声说，“我们能够开心地坐在这里聊天，都要

感谢你。”

“那好吧，寒冷的冬天里有个温暖的小窝也不错！”小矮人接受了提议。

兄妹俩笑了。“那就一言为定！”

“一言为定！”小矮人回答。说完，他跳下餐桌，从门口跑出苹果房子。

孩子们走了之后，佩特娜拉对姐妹们说：“我觉得我们应该向圣诞老人报告小矮人做的善事。玫莉娜，你能不能帮我接一条通往圣诞村的冰雪热线？”

姐妹们惊讶地看着佩特娜拉。“你要在圣诞节前打电话去圣诞村？你知道他们现在有多忙吗？”

佩特娜拉坚定地点了点头。“说不定圣诞老人会原谅小矮人，这样他就不用找新的住处了。”

“好吧。我马上帮你接通热线，”玫莉娜答应她，“不过我们得尽量到最高的地方……”

“没问题。”佩特娜拉打开苹果房子的天窗，架起一把梯子。她和玫莉娜一前一后爬上积满白雪的屋顶。站在屋顶上可以清楚地看到整个天空。接着，玫莉娜的魔杖轻轻一挥，头上的云朵立刻散开，满天的星星尽收眼底。

银色的月亮、闪烁的星星，一望无际的夜空，
冰雪热线悄声传递，跟着星星去旅行。
嗡嗡嗡，嗡嗡嗡，架起电话线。
仔细听好，铃声响起了！

玫莉娜刚念完咒语，天空中便传来一阵噼里啪啦的响声。无数颗晶莹的冰块升到半空中，排成一列连到星星那里。紧接着，电话铃声响起，一台玻璃制的老式电话机出现在她们身边。铃声每响一下，电话机就会发出一道金色的光芒。佩特娜拉激动地拿起话筒。虽然圣诞节马上就要到了，圣诞老人肯定忙得不得了，但他还是很快地接起了电话，用低沉的声音说：“你好，我是圣诞老人！”

“我是苹果树女巫佩特娜拉。”小女巫简单地做了自我介绍后，把小矮人住进面包房的事情迅速地讲了一遍。

另一头的圣诞老人专注地听着，只有在佩特娜拉讲起小矮人的恶作剧时，才发出不太高兴的咕哝声。不过，当他听到小矮人救了库恩布兰特一家人的事，立刻又消气了。“呵呵呵！”圣诞老人发出洪亮的笑声，“这才是我的小矮人！请转告他，我明天晚上就去接他回家。我想你打电话来就是为了这件事吧，佩特娜拉？”

“正是如此，圣诞老人！你完全猜中了。”佩特娜拉笑着说，满意地挂上了电话。

圣诞老人来喽

平安夜当天，蕾娅和路易斯一大早就醒了。“现在几点了？”蕾娅在黑暗中小声地问。路易斯打开台灯，看了一眼闹钟后，又躺回床上，说：“才六点！”

“真讨厌！”蕾娅一脸失望地说，“上学的时候我每天都睡不够，今天不用上学，我却这么早醒来。”突然，过道里传来地板嘎吱作响的声音。蕾娅跳下床跑出去，看见爸爸走进了面包房。“早安，爸爸！你也睡不着吗？”

“早安！”爸爸打着哈欠说，“我想先打扫一下，妈妈也醒了。”

真巧，一家人全都早早就起床了。就这样，早上六点半不到，库恩布兰特一家已经坐在厨房里，开始吃早餐了。

窗外天还没亮，厨房炉子里的柴火已经噼噼啪啪地烧了起来，屋子里飘着现烤面包和咖啡的香气。蕾娅和路易斯再三拜托爸爸妈妈，终于得到同意可以喝一次咖啡。蕾娅往杯子里倒了很多牛奶和糖，路易斯什么也不加，坚持说黑咖啡的味道最好了。不过看他喝咖啡的神情，一点也不像是在享受。“今天是美好的一天！”蕾娅说完，咬了一口果酱面包。

“可惜太早起床了。”路易斯抱怨着说。

“不要紧，这点时间很快就能打发掉！”库恩布兰特先生说，“吃完早餐我们就来装饰圣诞树，顺便包装给爷爷奶奶的礼物，然后再吃点下午茶，平安夜马上就到啦。”

蕾娅和路易斯忍不住笑了。听爸爸这么一说，平安夜似乎转眼就要到了。吃完早餐后，兄妹俩跑去鸡舍，顺便带了香蕉给五只母鸡。他们希望母鸡也能感受到今天是个特别的日子。看着母鸡们兴奋地啄食手上的香蕉，真是令人感到开心。

孩子们喂完鸡回到屋里时，爸爸正要把圣诞树搬进屋子。“老天，这玩意儿的针叶像仙人掌一样刺人！”爸爸大喊，“蕾娅，帮我扶着门。路易斯，帮我一起把它立起来。”孩子们立刻过去帮忙，他们知道现在最好乖乖听话。接着，库恩布兰特先生把树放上底座固定好，圣诞树总算是笔直地站立在客厅里了。

“你们觉得怎么样？”爸爸笑着问。

“棒极了！”路易斯真心称赞。

“没错，我希望你赶快学起来，明年我要把这个任务交给你，这样我就可以退休了。”

这时，库恩布兰特太太手里拿着各种装饰品正要进来，看到眼前这一幕，惊讶地站在门口。“哇，这棵树还真是高大。”说着，她把手上的纸盒放在桌上。

“对啊！”路易斯开心地说，“我们的眼光不错吧？”

库恩布兰特一家人有说有笑地一边哼着圣诞歌曲，一边把装饰品挂在圣诞树上。蕾娅最喜欢胖嘟嘟的红色圣诞老人，路易斯最喜欢铁皮做的驯鹿。

“这样很有节日的气氛。”库恩布兰特先生满意地看了一眼大家共同完成的装饰，忍不住大声称赞，“上面的灯泡如果能亮，那我们就可以开始庆祝平安夜啦。”

库恩布兰特太太朝他翻了个白眼。“你是开玩笑的吧，保罗？我以为你已经事先测试过了。”

库恩布兰特先生没有回答，低头将插头插上。刹那间，整棵树亮了起来，闪烁的灯泡带来节日的气氛，大家终于松了一口气。

接着一家人开始等待。可是吃完午餐，等着去教堂的这几个小时，并没有像爸爸说的那样一眨眼就过去了。要给爷爷奶奶的礼物很快就包装好了，剩下的时间他们只能坐着苦等平安夜到来。

“我好想现在就把在学校做的马赛克杯垫，拿去送给佩特娜拉。”蕾娅说。

路易斯摇摇头。“不行，明天才是圣诞节，现在只是平安夜。”

等着等着，天色渐渐暗了下来。喝完咖啡后，库恩布兰特一家开车去教堂。他们和往常一样迟到了。此时，教堂的钟声已经响起。“蕾娅，快进来，别再数雪花了……”库恩布兰特先生说。他担心要是没座位，就只能坐在暖气片上了。

不过一切都很顺利。教堂里，大家尽可能地挤在一起，让每个人都能坐下来。没有人抱怨。蕾娅坐在妈妈和哥哥中间，好奇地看着四周。她喜欢教堂前方摆着的小马槽，里面还放了木刻的动物和小人。当音乐响起时，管风琴开始演奏。“我从高高的天上降临凡间……”蕾娅也跟着哼唱起来。路易斯用手肘轻轻碰了碰她，小声说：“圣诞节终于到了！”蕾娅兴奋地点点头。

回到磨坊屋子后，一家人互道圣诞快乐，然后点亮了圣诞树上的蜡烛。妈妈放了圣诞节的音乐，一家人舒舒服服地坐在沙发上。确切地说是库恩布兰特先生和太太静静地坐在沙发上，蕾娅和路易斯坐在扶手椅里，不耐烦地动来动去。兄妹俩现在兴奋得不得了。终于，爸爸妈妈让他们回房间了。“好了，圣诞老人快来了。”妈妈说，“你们可以回房间，看窗外驯鹿拉的雪橇来了没有。”

“太棒了！”兄妹俩大声欢呼。爸爸妈妈曾说他们是圣诞老人的好朋友，所以只要蕾娅和路易斯站在卧室的窗户边，就能看见圣诞老人到来。前几年他们不知道这件事，所以一再错过机会，今年绝对不会再错过了。

路易斯坐在窗台边，目不转睛地盯着天空。突然间，一颗流星从树梢划过，落在花园里。“蕾娅，快来看！应该是圣诞老人来了！”路易斯激动地大叫，蕾娅赶紧靠了过去。在苹果树那边的雪地上，九头驯鹿拉着一辆闪闪发光的雪橇。兄妹俩屏住呼吸，看着一位身穿红袍和黑色靴子的老先生从雪橇上走下来。他伸伸胳膊、抖抖肩膀，往兄妹俩的方向看。

“他跟我想象中的一模一样！”路易斯开心地说。

“是呀，”蕾娅说，“那几头驯鹿好可爱，我好想摸摸看啊。”

“那你去呀，动作快一点说不定就能摸到了！”路易斯说。

突然，他们的房门被人打开，圣诞小矮人走了进来。蕾娅和路易斯惊讶地看着他。圣诞小矮人来得真不是时候，不过他怎么会知道他们在想什么呢？

“我来是想……”小矮人开口说。

“你能不能在这里先等一下……我们马上就回来！”路易斯打断了他的话。

“圣诞老人现在就在花园里！”蕾娅说。

“我知道，”小矮人说，“不过我做了礼物要送给你们，为我之前的恶作剧表示歉意。”他满脸笑容地递上礼物。“不用谢我，因为也不是什么特别的东西，只是一件罕见且价值连城的小矮人工艺品。”兄妹俩伸手收下了这个意外的礼物。

“噢，太感谢了！”蕾娅说。

“太棒啦。”路易斯喃喃说着，直盯着手里的礼物，那是用几百个银色回纹针做成的北极熊和可爱的

驯鹿。“希望你们喜欢。”小矮人露出开心的笑容。

“好漂亮啊。”蕾娅说着，眼睛仍不停地望向花园，“不过现在我想……”

小矮人笑着说：“我得走了。可以帮我开窗吗？外面有人来接我回家了。”

路易斯立刻打开窗户，让小矮人跳到外面的雪地上。这时钟声响起，伴随着银色铃铛的声响和一阵洪亮的笑声，圣诞雪橇就像刚刚来的时候那样，瞬间又腾空飞去。

蕾娅失望地看着哥哥说：“好可惜，圣诞老人走了！”

路易斯呆立在窗前，他还望着花园里刚才雪橇降落的地方，喃喃地说：“圣诞老人真的存在！”

这时，过道上也响起了圣诞铃声，拆礼物的时候到了。兄妹俩对看了一眼，转身跑进客厅。

圣诞树散发出梦幻般的光芒，树下的礼物也闪闪发光，让人好想立刻就拆开。兄妹俩静静地没有说话，但脸上却浮现出笑容。

“圣诞老人刚刚来过了。”妈妈微笑着说。

“是呀，”路易斯说，“我们看见他又飞走了。”

苹果房子里的圣诞节

蕾娅和路易斯都收到了自己想要的礼物。蕾娅的礼物是两本书、一双溜冰鞋、一件新外套、一支竖笛和一本乐谱。

路易斯不以为然地说："好极了，这下子你可以好好吹个够了。"他对蕾娅的礼物一点兴趣也没有，但是对自己的礼物却非常满意。他收到了新的滑板、乐高魔鬼城堡、一本书和一副守门员手套，每一样他都很喜欢。

晚餐过后，路易斯把礼物全部搬进房间。"实在是太酷了。"他说。

蕾娅把礼物堆在自己的床头柜上。"我要把尼瑟送的驯鹿放在最好的位置。"说着，她把驯鹿放在最上面。

"我们要不要现在去佩特娜拉家，祝她圣诞快乐？"路易斯问。

"好啊！我可以把马赛克杯垫送给她。"蕾娅高兴地说。

路易斯皱了皱眉头。"你要跟她说是我们一起送的，我帮你锯了木板。"

"没问题！"蕾娅大方地说，"可是爸爸妈妈会让我们出去吗？”

“交给我。”路易斯说。

他们回到客厅，路易斯清了清喉咙说：“呃，我们要出去一下。”

“你们要去哪里？”妈妈惊讶地问。

路易斯看了看妹妹。

“我们……我们想跟母鸡们说声圣诞快乐，顺便陪陪它们！”蕾娅说了谎，觉得有点不安。

“那就去吧！”爸爸说着，顺便帮妈妈倒了一杯气泡酒。

孩子们只穿着毛衣就往佩特娜拉的苹果树跑去。小女巫似乎也在等他们，因为魔法绳梯已经垂下来了。兄妹俩顺着梯子爬到苹果房子前。“快看，那棵小圣诞树上放的是真的蜡烛，被风吹着也不会熄灭！”蕾娅兴奋地大叫。

屋子里传来一阵阵欢笑声，似乎还有狮子的吼声和山羊的叫声，蕾娅和路易斯疑惑地互看了一眼。

苹果房子的门打开了，佩特娜拉脸颊通红地出来迎接他们。“圣诞快乐，小家伙们！”她大声说，“快进来，我们正在玩‘女巫快跑’，你们也一起来玩。”

“好啊！”路易斯说，“刚刚是狮子吼叫的声音吗？”

“哦，那是芦笋牙齿。他刚才输了一次，所以吃了一块魔法姜饼，结果就发出狮子的吼声了。”佩特娜拉笑着说。

兄妹俩惊慌地瞪大了眼睛。“一直会这样吗？”蕾娅问。

“当然不是。”佩特娜拉哈哈大笑，“再玩两轮之后他就会恢复正常，然后又可以继续玩了。这个游戏真的很好玩，我有一次抽到大象，声音大到都可以传到面包房了！”

佩特娜拉把孩子们推进客厅，她的姐妹们、苹果树小人和卢休斯围坐在桌子旁，桌上摆了一副桌游，大家笑眯眯地看着路易斯和蕾娅。

“圣诞快乐！”蕾娅和路易斯有点害羞地说。

“圣诞快乐！”大伙的声音洪亮，只是芦笋牙齿的声音听起来还是像狮子的吼声。

佩特娜拉变出两把椅子，让兄妹俩坐到大家中间。他们可以看到整个客厅，佩特娜拉的房子真是美极了！客厅里到处都摆着用来过冬的红苹果、装饰用的小篮子和绿色的圣诞树枝，还有小小的萤火虫在树枝间闪烁。地板上铺着彩色拼接地毯，窗台上摆了两盆飘着香气的风信子。

“这里布置得比我们家好看多了。”蕾娅叹了一口气。路易斯也点头同意，接着他想起了带来的礼物。“你想收到礼物吗？”他问佩特娜拉。

“你问我想不想收到礼物？”佩特娜拉大笑着说，“这还用问吗？快拿出来吧！”

兄妹俩笑了笑，蕾娅把礼物递给佩特娜拉，小女巫小心翼翼地把包装拆开。

“天啊，这是我收过最漂亮的杯垫！”佩特娜拉大声说，“你们看这些小小的马赛克石头……真是太谢谢了！”苹果树小人和小女巫的姐妹们也点头表示赞同。

“我也有礼物要送给你们。”佩特娜拉笑着从身后拿出礼物，给了蕾娅和路易斯每人两个。一个摸起来轻盈柔软，另一个却硬邦邦的。

“谢谢你，佩特娜拉！”兄妹俩故作镇静，内心却很激动。

“先拆轻的这个好了。”路易斯决定了。他撕开那层柔软的绿色包装纸，里面是一双手工织的袜子，卷得像是棒棒糖一样。蕾娅的是粉红和白色条纹的袜子，而路易斯的是黑白色的条纹。

“这是用喜马拉雅山雪怪的毛发织成的。”佩特娜拉解释，“你们穿上以后，脚就再也不会觉得冷了。”

“太棒了，谢谢。”孩子们高兴地说，同时又看着另一个礼物，怎么也猜不出里面到底是什么。

“你数到三，然后我们一起打开。”蕾娅对佩特娜拉说。

佩特娜拉点了点头。“一、二……三！”孩子们迫不及待地拆开包装，接下来两个人都愣住了。礼物是一颗圆形的石头，中间有个孔，穿着一条皮绳，看起来非常神秘。兄妹俩好奇地把石头翻来覆去地看。蕾娅的石头是蓝色的，上面有金色斑纹；路易斯的是浅棕色，上面有豹纹似的斑点。

“这个是项链吗？”蕾娅问。女巫们呵呵呵地笑了起来。

“这是仙子探测宝石。”佩特娜拉说，“只要透过中间的孔看出去，就能知道有没有仙子在你身边。”

“是吗？哇！太神奇啦！”孩子们兴奋不已。“我现在就想去试试看！”路易斯大喊。

“那就去吧！”佩特娜拉说，“你们可以去看看窗台上的风信子，如果我没记错的话，里面住着一位花仙子。”

蕾娅和路易斯跑到窗台边。风信子看起来很一般，

可是当他们透过宝石再看一眼时，立刻惊讶得说不出话来。白色的花朵上真的坐着一位花仙子，正微笑着向他们招手。

“哇！太酷了！谢谢你，佩特娜拉！”蕾娅一把搂住佩特娜拉的脖子，紧紧地抱住她。路易斯笑得合不拢嘴。

两个孩子一次又一次地去看花仙子。“这个圣诞节真是太棒了！”蕾娅小声说。

路易斯点点头。“是啊，真的太棒了。先是圣诞小矮人，然后是圣诞老人，现在又收到仙子探测宝石……这一切都太酷啦！”

他们终于看够了花仙子，坐到桌旁玩“女巫快跑”的游戏。佩特娜拉说得没错，真的太好玩了，他们玩得停不下来。路易斯输的时候，按照规定吃了一块魔法姜饼，结果发出公鸡的啼叫声。他的叫声实在太滑稽了，逗得大伙哈哈大笑，而且笑得最大声的是路易斯自己。

“喔喔喔，我可以一直玩下去。”路易斯像公鸡一样地啼叫。

“汪汪汪！”刚刚输了的蕾娅也用叫声呼应他。

苹果房子里的圣诞派对欢笑声不断，动物的叫声此起彼落，一直传到很远很远的地方。

山东省著作权合同登记号　图字：15-2018-106号

图书在版编目(CIP)数据

特别的圣诞节／[德]萨比娜·斯塔丁文；[德]萨宾娜·比希纳图；张怿琛译.
—济南：明天出版社，2021.9
(信谊世界精选儿童文学.苹果树小女巫；3)
ISBN 978-7-5708-0485-6

I. ①特… II. ①萨…②萨…③张… III. ①儿童故事—图画故事—德国—现代 IV. ①I516.85

中国版本图书馆CIP数据核字 (2021) 第027308号

TEBIE DE SHENGDAN JIE
特别的圣诞节
文／[德]萨比娜·斯塔丁　图／[德]萨宾娜·比希纳　译／张怿琛
艺术总监／张杏如　责任编辑／凌艳明　美术编辑／李宝华
特约编辑／刘维中 高勤芳　特约美编／王素莉 汤静惠
出版人／傅大伟　出版发行／山东出版传媒股份有限公司 明天出版社
地址／山东省济南市市中区万寿路19号　网址／www.sdpress.com.cn　www.tomorrowpub.com
特约经销商／上海上谊贸易有限公司　地址／上海市静安区南京西路1266号恒隆广场二期3906单元
电话／86-21-62250452　网址／www.xinyituhuashu.com　经销／新华书店
印刷／上海当纳利印刷有限公司　开本／145毫米×210毫米　32开　印张／6
版次／2021年9月第1版　印次／2021年9月第1次印刷
ISBN 978-7-5708-0485-6　定价／29.80元